TAKE
SHOBO

落ちぶれ貴族令嬢は愛情表現が激しすぎる王子に溺愛される

絶倫殿下のごちそうになりました!?

熊野まゆ

Illustration
ことね壱花

contents

第一章　憧れの王太子殿下　006

第二章　殿下の鎮め係　061

第三章　うたかたの虹　115

第四章　対価のない愛　169

第五章　とこしえに　223

あとがき　284

イラスト／ことね壱花

落ちぶれ貴族令嬢は愛情表現が激しすぎる王子に溺愛される

絶倫殿下のごちそうになりました!?

第一章　憧れの王太子殿下

王城に面した大通りから三本ほど奥まった場所でひっそりと営業している『マユス・カフィ』の看板メニューはなにを置いても肉。準男爵バルツァー家が細々と営む、肉好きのための肉料理を提供する店である。

今日で十八歳となったカミラ・バルツァーは、ワンピースの上にエプロンを着たあと、胸元まである金色の髪を頭の高い位置で結った。

それから私室の壁に掛けている絵姿の前に立つ。子どものころに一度だけ会ったことがある憧れの王太子ランベルトの絵姿に「おはようございます」と挨拶をして階段を下り、店へ出る。

「おはよう、カミラ。こんなに朝早く起きなくてもいいと言っているのに。おまえは妙齢なんだから。それに今日くらいは」

厨房（ちゅうぼう）にいた父親に続いて母親も「そうよ」と同調したあとで「誕生日おめでとう」と声をかけてくれた。

「ありがとう、お父様お母様。けれど部屋にいてもほかにすることがないし、お料理が好きだから」

　このファイネ国において準男爵家は、貴族ではなく平民だと主張する人も多い。とはいえ両親はカミラに、一端の貴族が嗜むような趣味を勧めてきた。

　刺繍にピアノと、一通りのことはなんとかできるものの、結局は料理がいちばん性に合うし楽しい。

　だからこうしていつも朝の仕込みを手伝い、ずっと店に出ている。客はそれほど多くないが、ほとんどが顔なじみで気のいい人ばかりだ。

「いらっしゃいませ、エリーゼ様」

　太陽が高く昇るころにお忍びでやってきたのはハンゼン侯爵夫人、エリーゼ。彼女はれっきとした貴族だが、マユス・カフィを気に入って毎日のように昼食をとりにきてくれる。

　カミラは両親が作るのとまったく同じやり方で料理するので同じ味だと思うのだが、エリーゼだけは「カミラの手料理がいちばん」と言う。

「うぅ～ん、今日もカミラのお肉料理は絶品ね！」

　もっちりとした頬に手を当てて、エリーゼは嬉しそうにもぐもぐと口を動かしている。

「それにしてもカミラ、ますますきれいになったわね」

　じいっと見つめられたカミラは、エリーゼと目を合わせたまま「ふふ、エリーゼ様ったらお上手」と言って首を傾げた。

――あら？　エリーゼ様の後ろになにかあるわ。

カウンターの向こうに座っているエリーゼの向こう側に、なにか黄色いカーテンのようなものが見えた。

カミラは不思議に思って、カウンターをまわり込んでエリーゼの背後を確かめる。ところがそこにはなにもなかった。

「なあに、どうしたの？」

「いえ、エリーゼ様の後ろになにか……カーテンのようなものが見えたのです」

「まぁ……」

エリーゼはあからさまに驚愕（きょうがく）している。

「ご、ごめんなさい、おかしなことを――」

ところがエリーゼは勢いよくカミラの両手を取る。

「あなた――ヘルジアかもしれないわ！」

「へ、ヘル……えっ？」

「ちょっと、ほかの人でも試してみなさいな。ねえそこの方。カミラと目を合わせてみて」

カミラは言われるまま、近くにいた男性客と目を合わせる。するとエリーゼのときと同じように、彼の背後にぼんやりとカーテンが見えた。

「あ、また――見えます。青いカーテンのようなものが」

「ああ、やっぱり！」

　エリーゼは嬉しそうに破顔する。

「お城の舞踏会へ行くのよ、カミラ！」

「ええっ⁉」

「だってあなた、ランベルト殿下に憧れているのでしょう？　お城の舞踏会へ行けば会えるわ」

「あの、それはそうなのですが……わたしは準男爵家の娘ですから、とてもお城の舞踏会へなんて行けません。招待状もないですし、ドレスだって」

　毎日の生活に手いっぱいで、カミラは社交界デビューをしていない。舞踏会はおろか茶会へも行ったことがなかった。

「そんなもの私がどうにかしてあげるわ。なんたって貴重なヘルジアなのだもの。胸を張って舞踏会へ行ける」

「エリーゼ様、その『ヘルジア』とはなんなのですか？」

　エリーゼは「ふふ」と笑ったあとで話しはじめる。

「万人が纏（まと）う色『ファーベ』を見ることができる希有（けう）な人間を『ヘルジア』と呼ぶのよ。このファイネ国だけでなく世界各地にいるのだけれど、それでも数は決して多くないわ。一国に数人といったところよ。つまりカミラ、あなたは貴重な存在だということ！」

貴族社会では有名な話だとエリーゼは付け加えた。もっとも、貴族とは名ばかりのカミラはもちろん知らなかった。

「ですがわたしはどうして急に、そのファーベというものが見えるようになったのでしょう?」

「十七、八歳になってその能力が現れて、ヘルジアとなることがよくあるそうよ。カミラは何歳だったかしら」

「今日で十八歳になりました」

「まあ、おめでとう！　ではやっぱりお祝いをしなくてはいけないわね。私の邸へいらっしゃい。バルツァー準男爵？　それに夫人も、カミラを連れていってもよろしいかしら？」

カウンターの向こう側で目を丸くしてカミラたちのやりとりを見ていた両親は声をそろえて「もちろんどうぞ！」と返す。

「さあ行くわよ、カミラ！」

楽しそうなエリーゼに連れられて店を出る。交差路になっている広い道に停められていたハンゼン侯爵家の馬車に乗った。

ほどなくして侯爵邸に着く。メイドたちが頭を低くして「おかえりなさいませ、奥様」と言った。

「今夜の舞踏会にこちらのカミラ嬢も連れていくことにしたの。衣装部屋へ行くわ」

エリーゼの言葉に驚いたのはメイドだけではなかった。

「こっ、今夜なのですか⁉」

今日は、貸してもらうドレスを見繕うだけだと思っていたカミラはとたんに怖じ気づく。

「もちろんよ、善は急げというもの。ちょうど今夜、お城で舞踏会が開かれるの。そんな日にヘルジアとなったのもきっと天の思し召し！」

エリーゼは「ああ楽しみだわぁ～」と漏らしながらどんどん歩いていってしまう。カミラは戸惑いながらついていく。

衣装部屋という名のとおり、その部屋には無数のドレスが置かれていた。ちょっとした服飾店だと言われても納得の量だ。

エリーゼは、トルソーに飾られたドレスのそばへ一直線に歩いていく。

「これなんてどうかしら？　私があなたくらいのときに何度か袖を通したドレスだけれど、いままたこういうタイプが流行っているから大丈夫よ！」

「す、素敵ですね」

「ええ、そうでしょう！　私はもう体型的に無理だけれどカミラならばっちり着られるわ。というか着てちょうだい。そのほうがドレスも喜ぶから」

カミラは勢いに押されて頷く。エリーゼもまた力強く首を縦に振った。

「さあさあドレスも決まったことだし、ここからが大忙しよ！　あなたたち、原石を磨いてちようだい！」

　エリーゼがメイドたちに向かって高らかに指示した。

　メイドたちはすごいもので、戸惑っていたのは最初だけ。いまはエリーゼと同じく、心の底から楽しそうな顔をしてカミラを取り囲む。

「え、あ、あのっ――」

　あれよあれよという間にまさしく磨き上げられる。湯浴(ゆあ)みをして香油を塗られ、髪はふだん自分がするよりも倍以上の時間をかけて梳(す)かれ、どうなっているのか理解できないくらい緻密に結い上げられた。

「――奥様、いかがでしょうか」

　カミラの支度を終えたメイドがエリーゼに尋ねた。エリーゼは満足そうに頷いて、カミラに「鏡をご覧なさい」と言う。

　エリーゼの言葉に従って、壁に造りつけられた大鏡を見る。

　四角いネックラインの襟にはフリルレースがあしらわれていた。絹サテンの艶(あで)やかなドレスはどれだけでも眺めていられるほど美しい。

　鏡には、夢に見たような理想の貴族令嬢の姿があった。とても自分だとは思えなくて、食い入るように鏡を見つめる。

「気に入ったみたいね。さっそく出発よ！」

　カミラの支度中に自身も着替えを済ませていたエリーゼと、それからハンゼン侯爵と一緒に馬車へ乗り込む。

　向かいに座るハンゼン侯爵は人好きのする顔で「似合っているね。さすがエリーゼの見立てだ」と笑っている。

　カミラは恐縮しながら「ありがとうございます。侯爵様、エリーゼ様」と礼を述べた。

「もう、そんなに固くならなくていいのよ。楽しまなくちゃ。ほら、窓の外を見て」

　馬車の窓に目を向ければ、遠くからしか眺めたことのなかった王城が目前に迫っていた。大きな城門を潜ったあと、円柱の主塔を中央に据えた広大な城の玄関前で馬車を降りる。そばで見ればいっそう城の大きさを実感した。圧倒されながらもエリーゼについていく。

　自分には招待状がないことにドキドキしていたものの、エリーゼが「このレディはヘルジアよ」と言うと、難なくダンスホールに入ることができた。

「わぁっ……！」

　天井から吊り下がる巨大なシャンデリア。豪奢なドレスを着た令嬢たち。優雅なワルツ。きらきらと輝く世界がいま、目の前に広がっている。

　エリーゼの後ろについてダンスホールを歩いていると、何人もの貴族に声をかけられた。そのたびにエリーゼは「ヘルジアとなったばかりのカミラ嬢よ」と紹介してまわった。

　カミラは「名もなき準男爵家の娘など連れてきて」と、エリーゼに恥をかかせてしまわないか心配だったのだが、杞憂だった。

貴族たちは皆が、カミラの身分よりも『ヘルジア』であることに興味を示し、自分のファーべを見てほしいと集まってくる。

――けれどきっと、わたしが本当にヘルジアなのかと疑われないのはエリーゼ様のおかげだわ。

貴族のだれもが「ハンゼン侯爵夫人の紹介だから間違いない」と口々に言うのだ。エリーゼは社交界で確固たる信頼を得ているものと思われる。

そうしてダンスホールに集っていた貴族たちのほとんどに挨拶を終えたころ。

「そろそろランベルト殿下がお見えになるはずよ。殿下はすぐ令嬢たちに取り囲まれてしまうから、その前にアプローチをかけるわ」

エリーゼは意気込んで、ダンスホールの中央階段に目を遣った。カミラも彼女に倣って階段に目を向ける。

するとちょうど、階段の上にある大扉がギイッと音を立てて開いた。皆がいっせいに大扉を見つめる。

扉の向こうから現れたその人に、目も心も奪われそうになった。

黒曜石さながらの艶やかな髪先は彼が歩くたび軽やかに踊る。肩に銀のフリンジ、襟に月桂樹の刺繍が施された上着が彼の美貌をいっそう際立たせている。

王太子ランベルト殿下だった。

「行くわよ!」

エリーゼに連れられて、着飾った人々の隙間を縫って進む。エリーゼには人々の動きが読めるのか、一度もぶつかったりまごついたりすることなくランベルトのすぐそばまで辿(たど)りつくことができた。

階段を下り終えたばかりのランベルトに向かって、さっそくエリーゼが口を開く。

「ご機嫌麗しゅう、ランベルト殿下! ぜひ殿下にご紹介したい娘がおります。こちらのカミラ・バルツァーはなんと今日、ヘルジアとして目覚めたのですよ!」

「今日?」

記憶にある彼の声よりも低い気がした。ランベルトがこちらを向く。

青い瞳は、子どものころに読んだ絵本に描かれていた氷底湖のそれに似ている。どこまでも澄んだ、鮮烈な青。

そう——初めて彼に会ったときもそうだった。あのときは、いまほど長く目を合わせていることはできなかったが、子どもながらになんて美しいんだろうと感動した。

そしていまは、そのとき以上に感情を揺さぶられている。胸の鼓動が頭にまで響いてくるようだった。

カミラはずっと彼の瞳にばかり魅入っていた。だから、彼のファーベが何色なのか見逃してしまう。

切れ長の瞳が、みるみるうちに見開かれていく。彼がなにに驚いているのか、カミラにはわからなかった。

ランベルトは好奇心に満ちたような顔をして一歩足を踏みだし、カミラに近づく。

「カミラと言ったな。ハンゼン侯爵夫人、この娘を借りても？」

エリーゼはいっそう表情を明るくする。

「ええ、ええ、もちろんでございます！　ねえ、カミラ！」

「は、はい」

わけがわからないながらも、エリーゼに気圧されて頷いた。

「ではカミラ。こちらへ」

ランベルトに手を引かれて階段を上り、ダンスホールを出る。あからさまに衆目を集めていたが、ランベルトにはまったく気にするようすがない。

――だって、ランベルト殿下はいまこの階段を下りてホールに顔を出されたばかりなのに。すぐさま階段を上って引き返してしまえば、どう考えても目立つ。

――エリーゼ様はどうしていらっしゃるかしら。そしてわたしはこれからどうなるの？

恐ろしさはないものの、戸惑いが先に立つ。ランベルトはカミラを連れて、王城の広い廊下をどんどん進んでいく。

城のダンスホールすら初めて足を踏み入れたというのに、それよりももっと未知の世界へ誘われているようだった。

しだいに衛兵ばかりが目立つようになってきた。城のずいぶんと奥まった場所まで来てしまった。

「この先は俺の寝室だ」

「そ、そう……なのですか」

ドキドキしすぎて頭がまわらない。

――だって、目の前に本物のランベルト殿下がいらっしゃる。

絵姿ではなく、本物の。話をして動く、ランベルトがいるのだ。

ずっと憧れていた人に会えた。遠い世界の人だと思って諦めていたのに――。

手を引かれて歩いているのが信じられなくて、戸惑いはやがて夢見心地へと変わる。

ひときわ大きな扉の前に衛兵が立っていた。衛兵たちはランベルトに敬礼して扉を開ける。

寝室に入るなり、扉を背にして両腕で囲い込まれる。なぜじっくりと見つめられているのかわからないのに、彼の瞳に映っていることが嬉しくて言葉が出てこない。

「おまえ、大通りで馬車に轢かれそうになっていた少女だな？　五年前の十一月十八日だ」

「え――……は、はい。そうです」

日付は定かではなかったが、たしかそれくらいの季節だった。

「わたしのこと、覚えていてくださったのですか?」

「ああ。だれであろうと一度会ったら忘れない」

なんてすばらしい記憶力だろう。尊敬の念がますます大きくなる。

「あのときは助けてくださり本当にありがとうございました。おかげでこうして……元気に過ごすことができております」

子どものころには、舌足らずで言えなかった感謝の気持ちを伝える。

ランベルトは涼しい顔で「ああ」と答えて、カミラの頬をそっと手で覆った。

――ランベルト殿下はこの話をするためにわたしを寝室に?

それならば寝室でなくてもよさそうなのにと思った、次の瞬間。

急に強く腰を抱かれた。顔と顔の距離が、それまでよりももっと近くなる。

限りなく青く透き通った双眸に見つめられ、心臓が大きく脈を打つ。

「おまえもヘルジアなんだろう? 俺のファーベは何色に見える」

カミラはごくりと喉を鳴らして、ランベルトの美しい瞳を見つめる。今度は瞳ばかり見ているわけにはいかない。彼の背後に見える色を言わなくては。

五秒ほどが経つと、ランベルトの向こう側に鮮やかなカーテンがひかれた。

カミラは見たままを言葉にする。

「とてもきれいな……虹色……」

赤、黄、緑、青など虹を形作る鮮やかな色のカーテンが彼の向こうではためいている。半透明の虹を纏うランベルトは、この世のものとは思えないほど神々しくて麗しい。

「そう――おまえと俺は同じファーベを持っている」

「殿下も、ヘルジアでいらっしゃるのですか？」

「ああ。だから見える。虹色に輝くおまえのファーベが」

「わたし、も……虹色？　殿下と同――」

すべてを言い終わる前に顎を掬(すく)われた。

瞬(まばた)きをした刹那に唇と唇が重なり合う。

「ん……っ!?」

ランベルトの瞼(まぶた)は閉ざされていた。反射的にカミラも目を閉じる。すると唇の感触だけが際立つようになった。

柔らかく、どこか甘い。これは彼の唇であって食べ物ではない。それなのに、美味(おい)しいなどと思ってしまう。

唇が離れる。本能が「もっと食べたい」と訴えるように、彼の唇を恋しく思った。

――わたし、おかしいわ。

自覚はあるのに、彼の唇から目が離せなくなる。形のよい口はしだいに弧を描く。

「すごいな――唇を合わせただけでも凄(すさ)まじい」

ランベルトはほほえんだまま言葉を足す。

「こう……体の芯が甘く痺れるような快感を覚えた」

彼の言葉に頷くと、ランベルトは「おまえもか」と言って嬉しそうに笑った。

より強く、上方向に腰を抱かれて踵が浮く。

ランベルトはカミラの肩に顔を埋める。首筋に舌を這わせられて、いまだかつて経験したことのない震えが走った。

――けれど、どうして?

なぜランベルトは首筋に吸いついているのだろう。こういう行いは、恋人かあるいは夫婦にしか許されないのでは――。

「あの、殿下……? なぜ、首筋に……その、舌を……?」

「ん?」

慌てふためくカミラを見て、ランベルトはなにか思い当たったように青い瞳を見開いた。

「同じ色のファーベを持つ者同士は閨の相性がよいとされている」

まったくの初耳だったカミラはきょとんとして、なにも言えなかった。

「なんだ、知らなかったのか? ここまで大人しくついてきたから、承知の上かと。そうなると……いきなりくちづけて悪かったな」

ランベルトはカミラの腰を抱くのをやめて、半歩ほど下がった。

「いっ、いいえ、とんでもございません！　気持ちよかったです」

そう言ってしまったあとで「わたしったらなにを⁉」と、心の中で失言を恥じる。

ところがランベルトはますます笑みを深めた。

「そうだろう。だから俺はよけいに興味をそそられた。俺と同じ色のファーベを持つおまえに」

ふたつの手のひらに頬を覆われた。いまにも唇がくっついてしまいそうな位置でランベルトは言葉を紡ぐ。

「おまえは？　俺に興味がないか？」

「あ……あります。じつはわたし、ずっとランベルト殿下に憧れていて――」

慌てて口を押さえる。毎朝、絵姿に挨拶をしていることまで話してしまうところだった。そんなことを知られてはさすがに、気持ち悪いと思われかねない。

そう――彼は、本来なら言葉を交わすどころか視界にすら入ることのできない雲の上の人。

「へえ、それで？」

「でも、その……わたしはエリーゼ様――ハンゼン侯爵夫人の紹介で参りましたが、本来ならここに立ち入ることも許されないような、準男爵家の娘なのです」

したがってこの場にいることは極めて分不相応だと、正直に話す。

「ここでわたしが一晩を過ごしたとして、そのことがもし噂になれば殿下にご迷惑をおかけすることになります」

社交界のことは、エリーゼから聞き及んだ知識しかないものの、なんでもすぐに噂になるという話はエリーゼからよく聞かされていた。

「それにわたしは閨の知識もまったくございませんので……」

彼を満足させることはできないだろう。

カミラは俯いて唇を噛む。

いますぐこの部屋を出ていけばまだ噂にはならないはずだ。そもそも、軽はずみに立ち入ってはいけない場所だったのだといまさら思い至る。

「噂など――つまらないことを気にするんだな。それに……閨の知識がない、か」

ランベルトはくっくっと笑う。

「立ち話も無粋だ。座れ」

彼はベッド端に腰かけたあとで、その隣をぽんぽんと叩いた。

ランベルトと同じようにベッドの端に腰を下ろすのは失礼だと思い、すぐそばの床に座ろうとする。

「なぜ床に？　おかしな娘だ」

笑いながら、ランベルトはカミラの腕と腰を掴んでベッドに座らせる。

――すごい、わたしの部屋のベッドとは全然違う。

もっと弾力を確かめてみたくなったが、王太子のベッドでぴょんぴょん跳ねるわけにはいかないので我慢だ。

「ん、どうした」

「ベッドが……その、ふかふかです」

「床よりは座り心地がいいだろうな」

ランベルトは長い脚を組んで首を傾げ、カミラの顔を覗き込む。

「おまえは俺たち王族が狼の末裔と言われていることを知っているか？」

突然、話が変わって戸惑いながらもカミラは「はい」と返事をした。

かつてファイネ国を創ったのは狼であり、彼らがその末裔だということは子どもでも知っている伝説だ。

「俺たちは満月を見ると感情が高まる。なんの感情かというと――性に関するものだ」

「性に……関する、もの」

「そう。満月にはひどく性欲が昂ぶるから、それを鎮めるための役をだれかに命じる必要がある。ただ、城勤めの貴族たちが勧めてくるのは裏がある者ばかりで信用できない」

ランベルトは脚を組み替えて窓のほうを眺める。もしかしたらその方向にダンスホールがあるのかもしれない。

「対してハンゼン侯爵は政治の第一線から引いているし、夫人とはあまり言葉を交わしたことがないが肉好きの変わり者と聞く。ああ、変わり者というのはあくまで他人が言っていることだ。肉好きに悪い者はいないというのが俺の持論」

窓のほうを向いていた彼の視線がこちらへ戻ってくる。

「くわえて準男爵家の娘となれば、よけいなしがらみもないだろう。俺としてはかえって好都合だ」

彼は青い目を優しく細めてカミラに問う。

「まあ俺の話はこれくらいにして。おまえはどうしたい？」

彼を鎮める役を受けるか、否か。王太子なのだから一方的に命じることもできるだろうに、ランベルトはそれをしない。

——優しいお方。

ますます彼のことを知りたくなる。

だって、この手を伸ばせば届くところに彼はいるから。

「報酬はおまえの好きなものを要求しろ。金貨でも宝石でも、なんでもいい」

「それは、牛でも？」

報酬と聞いて頭に浮かんだことをそのまま口に出してしまった。

「は……っ、なぜ牛なんだ」

笑いを堪えるような顔をしてランベルトが訊いてくる。

「わたしの家はマユス・カフィという飲食店を営んでおります。お肉料理に定評がございますので、もし牛をいただければ、もっとたくさんのお肉料理をご提供できると思いまして」

「へえ、それはぜひ食べてみたい……が、いまはおまえだ。牛と引き換えにこの話を受けるということで……いいか？」

カミラは彼の目を見つめたまま「はい」と答えた。

ただ、牛と引き換えに――というのは違う。ランベルトと繋がりが持てるのなら、報酬などなくてもいい。

――けれどそれでは、ランベルト殿下は納得なさらない気がする。

為政者として他者に褒美を与えることを常としてきた彼には、確固たる対価があるほうがしっくりくるのではないか。まして自分は彼から寵愛されているわけではない。だからこそ鎮め役の話をされたのだ。

そもそも彼は無理やりにでもカミラを抱いてしまうことができる。その上で放りだすことだって、きっと簡単にできる。

それなのに――きちんと報酬を与え、契約を結ぼうとしてくれていることが嬉しかった。その気持ちに全力で応えたい。

決意を秘めたカミラの瞳を見てランベルトは言う。

「では契約成立だ。今宵よりおまえは俺を鎮める責務を負う」

低い声音で告げられれば、部屋の空気が淫靡なものに様変わりする。

王太子の寝室で、ふたりきり。いまさらそのことを意識して心臓がドクドクとうるさく主張を始める。

それでも恐怖心はまったくなかった。むしろ好奇心のほうが前面に出てきている。もっと彼のことを知りたいと、全身が叫ぶようにぞくぞくする。

「あ、あの……どうぞご指示ください。わたしはこれまでお料理一筋でして……その、閨のことはまったくわかりませんが、精いっぱいがんばりますので……っ」

——王太子殿下のお相手をするとなれば、本来はきちんと閨教育を受けていなければならないはず。それがわたしにはない。

母親が嘆いていたことがある。「結婚に向けて教育係をつけてあげられなくて申し訳ない」と。そのときにいったいなにを『教育』されるのか興味本位で訊いた。母親は、ベッドの上でどう振る舞うべきかの話が中心だと言っていた。

「ははっ、健気だな」

彼は身を乗りだし、カミラの顎に手を添える。

「……わかった。教えてやろう。おまえの知らぬことをすべて」

青氷の瞳が熱を帯びた気がした。カミラは彼の瞳に射貫かれて、動けない。

「わからなかったり、怖かったりしたらなんでも遠慮せず俺に訊くといい」

ぱっと表情を変えて、ランベルトは破顔する。

「さて。ベッドでは裸になるということは、知っているか？」

からかうような調子で言われ、頬が熱くなった。カミラはすぐに「はい」と答える。

「よし。ではさっそく」

ドレスを脱がされそうになって焦る。

「あ、あの、自分でいたしますので……」

「うん？　背の編み上げ紐（ひも）をひとりで解けるのか？」

「あ……できません」

そんなこともわからない自分が恥ずかしくなる。

「俺がするから」

「……殿下のお手を煩わせてしまい、申し訳ございません」

「いい、気にするな。……というか、紐解（ひもと）くのも一興だ」

ランベルトはカミラの背中を見ることなく、手探りで器用に編み上げ紐を外していく。彼が見ているのはカミラの顔だけだ。

「ああ、ほら……ドレスが緩くなるにつれておまえの表情が変わる。焦りと羞恥を孕（はら）んだ顔に」

指摘されたカミラはかあっと頬を赤らめる。それも楽しむように、ランベルトは口元を緩めた。

「榛色の瞳が……きれいだ。少し潤んできた。こうして脱がされるのは恥ずかしいか」

彼の手によって一枚一枚、着ていたものを剝がされていく。

ひとりで脱げないのはコルセットの編み上げ紐までだから、シュミーズやドロワーズは自分でも脱げるはずなのに、カミラは両手を動かせなかった。

きっと、熱っぽく見つめられているせい。

まるで人形になってしまったように、彼に服を脱がされるだけになる。

とうとう裸になってしまった。心許なさのあまり両手で自身を隠したくなったものの、ランベルトがそれを許してくれない。

彼に両手首を掴まれたまま、カミラはベッドに座って硬直していた。

ランベルトの視線はさまざまな箇所を捉える。顔、胸、下半身——と、あちらこちらを盛んに行き来する。

じっくりと見まわして満足したのか、ランベルトはカミラの両手首を手放して頭へとあてがった。

結い上げられていた髪を解かれる。

「髪くらいは自分で解けたか？」

「い、いえ……こんなふうに結い上げられたのは初めてでしたので、ひとりではできなかったと思います」

「本当になにも知らないんだな」

カミラはしゅんとして頭を垂れ、両手で胸元を隠した。

「……無垢だと言ってるんだ」

頭上から優しい声が降ってくる。

「なにも知らないことは、まったくの悪じゃあない。すべてを俺好みに教えることができるからな」

顔を上げれば、ランベルトはにいっと笑った。

「はい……光栄です。ご教示を、お願いいたします」

カミラは懸命に、縋るようにランベルトを見つめる。

「……狙って言ってるわけじゃないんだろうが。けっこうくる」

ランベルトは眉根を寄せる。カミラにはいったいなにが「くる」のかわからない。

「もっとよく見たい」

「え――」

急に視界が揺らいだ。押し倒されたのだと気がついたときには、彼が膝に馬乗りになっていた。

後頭部にはふかふかの枕がある。ここは彼の寝室だから当然、枕はランベルトのもの。そこに頭を載せているなんて、畏れ多いと思ってしまう。

「殿下の枕を、下敷きにしてしまっています」

おずおずと言えば、ランベルトは首を傾げた。

「枕は下敷きにするためにあるんだろう。ほかにも使い方はいろいろあるが」

そうして、またもやじろじろと無遠慮に全身を見まわされる。

――さっきだってあんなに……見ていらっしゃったのに。

カミラの肌は羞恥で上気する。

ともあれエリーゼのもとで磨き上げてもらえて本当によかった。きっと少しは、見られる体になっているはず――。

「……どこもかしこも美味(うま)そうだ」

ランベルトは舌なめずりをして身を屈(かが)める。カミラは裸なのに、彼はいまだに盛装したまま。ベッドでは裸になるものだと彼は言っていたが、それは片方だけなのだろうか。

「殿下は……服を、脱がれないのですか?」

わからなかったら訊けという彼の言葉に従って尋ねてみる。ランベルトはカミラの肩に顔を埋めたところだった。

「んー……そのうち脱ぐ」

耳のすぐそばで言葉を紡がれたからか、くすぐったくなる。ランベルトの柔らかな黒髪が首に当たっているせいもある。

それから、生温かななにかが肩から鎖骨にかけて這った。

「ぁ、っ……」

カミラは声を漏らして彼のほうを見る。ランベルトは赤い舌を覗かせて、素肌を舐め辿っている。

首筋を伝って耳のそばまで舌でなぞられると、彼の息遣いを感じた。

「肌が――甘い」

「ふぁっ……！」

小さく喘いで身を捩るカミラの顔を眺めたあとで、ランベルトはふたたび舌を肌に押し当てた。

ざらついた舌が肌を這うとぞくりとする。寒いわけでも、熱があるわけでもないのにおかしい。

彼の舌が肌を擦るたびにカミラはぴくぴくと体を小さく跳ねさせた。そうしようと思っているわけではない。体がひとりでに動いてしまう。

「――おまえ、かわいいな」

ランベルトは顔を上げると、楽しそうに笑みを深くしてカミラの頬を手のひらで覆った。

「だがどこか危うげだ。そう、あのときも……危なっかしくてつい走りだしていた」

それまで笑っていたランベルトだが、しだいに真面目な顔つきになる。

「じつはおまえのことをよく考えていた。おまえの店へ行ってみようかと思うこともあったが……おまえにはおまえの生活があるだろうから、俺が押しかけるのは迷惑だろうな――と」

頬にあてがわれていた彼の手が下へずれはじめる。

「しかし、まだあんなふうに大きな荷物を持ってふらふらしていないだろうな」

話しながらもランベルトは手を下降させる。

「はい、もう……十八、ですので」

「そう――子どもではなくなった」

彼の右手はどんどん下りていって、片方の膨らみを鷲掴(わしづか)みにする。

「ひゃっ」

そうして胸を掴まれたことで初めて、彼の手には剣だこがあることがわかった。ごつごつしている。

「たった五年でずいぶんと大きくなったものだ。これほど魅惑的になっていたらもう、おまえの生活がある――などと配慮ができなくなる」

ランベルトは苦笑したあと、形や大きさを確かめるように指を動かしてぐにぐにとカミラの胸を揉(も)む。

「あう、あ……っ」

これまでに発したことのない高い声が自然と零れる。

――こんな声が出てしまうのはいいこと？　それとも悪いこと？

わからなくなったカミラは「声は、あの……どうすれば」とランベルトに尋ねた。

「出したければ出せばいいし、そうでないのなら口を噤んでいればいい。おまえの思うままに」

「はい……殿下」

「従順だな……。おまえのここも、同じだ」

彼がどこを示しているのかわからず、カミラは困惑する。

「胸を揉まれて、尖ってる。ほら、ここ……この薄桃色の部分」

薄桃色の頂を指のあいだに挟まれた。その箇所を誇張するように、ランベルトは指と指の間隔をきゅっと狭める。

「あぁうっ……」

彼の指は薄桃色の際に少しかかる程度だった。それでも、その色づいた部分に触れられると、ほかとはなにかが違う。

薄桃色の部分だけは、ほかの何倍も感覚が研ぎ澄まされているようだった。

彼の指がほんの少し横へ動いただけでも刺激があって、肩が揺れてしまう。

薄桃色を絞り込むような指遣いをされると、そこととはまったく関係のない足の付け根がきゅんっと疼くのが不思議だった。

そんなカミラの反応を確かめるように、彼の左手は肌を撫でて下腹部へと向かう。足の付け根の、割れ目になっているところまで来るとぴたりと止まった。

「おまえはこっちの蕾か、あるいはこの小さな花芽……どっちのほうが好きだろうな?」

「ふっ……?」

問いかけられても、なにもかもが初めてのカミラには答えが出せない。それは彼も承知のようで、カミラが言葉を詰まらせていても気にするようすがなかった。

「まずはこの……鮮やかな薄桃色のほうから」

足の付け根を撫でていた彼の左手が這い上がってきて、膨らみを捉えた。

「あ、ぁっ」

両方の乳房が彼の手の中に収まると、たとえようのない焦燥感に包まれた。なにかいけないことをされてしまうのではないか。なにかいけない反応をしてしまうのではないかと、いまになって少し怖くなる。

「ん……どうした、顔を強張らせて」

「え、あ……あの」

――わたしってそんなに顔に出ている?

あるいはランベルトが、表情の変化に敏いのだろう。

「言ってみろ」

穏やかな声音で発言を促される。

「その、わたし……これから、どうなってしまうのだろうと……少しだけ、心配になってしまいました」

予想外の言葉だったのか、ランベルトはカミラの胸を掴んだまま目を丸くした。そうかと思えば笑いだす。

「いまさらだ」

ランベルトは口の端を上げたまま眉根を寄せる。少し困っているようにも見えた。

「大丈夫……悪いようにはしない。ひとつのことを除いて、おまえが気持ちよくなるようにしかしないから」

ふたたび彼の両手が動きだして、ふたつの膨らみを揉みしだく。だから、その「ひとつのこと」がなんなのか、尋ねるタイミングを逃してしまった。

「たっぷりとしているのに張りがあって、まろやかで……肌が、俺の手に吸いついてくるみたいだ」

急に彼が感心したようすで言った。褒められているのだとわかっていても、恥ずかしくていたたまれない気持ちになる。

「ああ、また……むくむく勃ち上がってきた」

今度は、はっきり言われずとも彼がどの箇所を示しているのかわかった。薄桃色の棘（とげ）は先ほどよりももっと尖った形になっている。

それにランベルトはもうずっと、ぴんっと上を向いた蕾ばかり注視している。

「あぅ、ん、うぅ……」

胸を揉むのにはようやく満足したのか、彼は指のあいだに挟んでいた頂を揺さぶりはじめる。

「あっ、あぁっ……！」

薄桃色の棘は緩急をつけて、指と指に挟まれたまま上へと何度も引っ張られる。

「そ、そこ……どうして、こんなに、気持ち、い……あ、あっ……ん、んぅ」

「この薄桃色の棘を弄（いじ）られるとなぜこんなに気持ちがいいのか、と？」

カミラは「はい」と言う代わりに大きく頷いた。

「性的興奮を感じやすい箇所だからだが。……おまえはすごく敏感なんだな。まだほんの些細（ささい）な刺激だというのに」

これで、些細だなんて。

「あぅ、うっ……ふぅっ……」

「ん――硬さが増した」

嬉しそうに呟（つぶや）いて、ランベルトはカミラの蕾を親指と中指でつまみ上げる。

「ひぁっ⁉」

片方だけではなくふたつともそんなふうに指でつままれ、くいっ、くいっと引っ張り上げられる。

「ふぁあっ、あ、ぁっ」

これは、指のあいだに挟まれていたときよりもたしかに刺激的だ。

ランベルトの長い指につままれた胸の蕾は、円を描くようにこりこりと捻りまわされている。彼はときおり乳輪ごと絞り込むように薄桃色を掴みなおす。その指遣いがたまらなく気持ちがよくて、呼吸がままならなくなってくる。

「息が荒くなってきた。興奮しているな」

「は、はい……あ、うっ……ん、んんっ……」

「どこまでも素直で……愛らしい」

「ふぁあっ……！」

愛らしいと言われた。心も体も歓びに溢れて、どういうわけか彼の手の存在感が増す。

別段、力を込められたわけではないと思う。それなのに、いまランベルトに触れられているのだという感覚が強くなる。

ランベルトはカミラの表情と胸の蕾を交互に眺めて微笑する。

親指と中指に尖りを固定されたまま、人差し指で頂点を擦り立てられた。右も左も同じようにこちょこちょと擦られて、下腹部の疼きが大きくなる。

「腰が動いている」

さも好ましいというような口ぶりでランベルトは片手でカミラの脇腹を撫で下ろした。

「あん、あっ……あぅ、う」

「おまえにとっては脇腹も、この薄桃色と同じようなものか？」

「そ、そう……かも、しれません……ん、んぅっ……」

もしくは、ランベルトの手だから気持ちがいいのかもしれない。彼に触れられればすべてが、性的興奮を覚える箇所になってしまいそう——。

ランベルトの右手はさんざん脇腹を撫でたあとで足の付け根へ向かった。ふっくらと隆起している恥丘で留まり、浅い茂みを乱しはじめる。

「えっ、ぁ……あ、そこ……やぅ、う」

「なんだ、嫌なのか？」

「は、恥ずかし……で、す……う、ふぅっ……」

「乳首はよかったのに、こっちはだめなのか」

彼は楽しそうなまま、それでいていささか残念そうに表情を曇らせる。

「そ、そこは……用を足す、ところが……近い、から」

「用を足す以外にも役割があると、知らないんだな」

「役割……？」

いったいどんな役割があるというのだろう。

「知りたいか?」

羞恥心よりも好奇心が勝って、首を縦に振る。

和毛を弄んでいた彼の指が割れ目のほうへと下りていく。秘裂のまわりをぐるりと一周されることで、蜜を零していたその箇所が艶を帯びる。

「ん、ふ……ぅ、んっ……!」

胸の薄桃色を弄られるのと同じか、あるいはそれ以上の快感が迸った。彼の指は一定のリズムで陰唇を周回する。

「脚をもっと開け。閉じたままでは中心に触りづらい」

カミラは頷いて、指示どおりにする。ランベルトはベッドの上で膝立ちになっているから――ただ、こうして彼の前で脚を広げるのはとてつもなく恥ずかしかった。

――カミラの太ももには乗っていないので――脚を左右に開くことはできた。

ランベルトは胸の頂を指で弄りながらも下半身を見つめてくる。自分では、用を足すその箇所がどうなっているのかはっきりわからないからこそ、よけいに彼の視線を痛く感じる。

「……ひくついている」

ぽつりと漏らし、ランベルトはその箇所をつんっと押す。

「ひぁっ……!?」

「この小さな粒は、胸の蕾と同じで快感を高める役割がある」

「あ……そ、そう……なの、ですか……ぁ、あっ……。わたし、全然……知らな……ぃ、あぁっ……」

まさかそんなふうに役立つ箇所があるなんて、まったく知らなかった。そもそも自分でそこを見たこともない。

それなのにどうして、ランベルトは詳しく知っているのだろう。

カミラの疑問に答えるように、彼は「王侯貴族の——特に男は閨の知識を叩き込まれるものだ」と言った。

「そんな知識、本当に有用なのかと疑問に思ったこともあったが」

彼は小さな粒に指を添えたまま呟く。

「……もっと蓄えたくなった」

楽しそうに口角を上げて、ランベルトはカミラの秘玉をきゅっと指でつまむ。

「あぁああっ！」

ひときわ大きな快感が湧き起こる。一瞬、なにがどうなっているのかわからなくなった。

ただ彼に、強烈なまでの興味と関心を向けられていることだけは肌で感じる。

ランベルトはカミラを食い入るように見つめ、その一挙一動を観察している。それでいて指はしっかりと動かしている。

胸の頂を捻る指も、割れ目の中心をつまむ指も、休むことなくカミラから嬌声(きょうせい)を引きだす。

「ふぁ、あ、あっ……あぅっ」

まっすぐ伸ばしていたはずなのに、いつのまにか膝を立てていた。

膝立ちになっている彼の脚があって、その外側に太ももを置いている状態だから、いまさら秘所を隠すことはできない。

はしたない体勢だと思うのにたまらなくて、見せつけるように腰を振ってしまう。

そんなカミラのようすをランベルトはずっと楽しそうに眺めながら、余裕のある顔で蕾と花核を弄っている。

いっぽうカミラには少しの余裕もない。

腰が浮けば足先に力が入る。足先から力が抜ければ腰をベッドに押しつけることになる。そうして幾度となく腰と足を上下させて悶(もだ)えていた。

とにかく気持ちがよくて、よすぎるせいか目の前に星のようなものが飛びはじめる。

片手で枕を、もう片方の手でシーツを握りしめていなければきっと、体が宙に放りだされてしまう。

指で触れられている箇所はどちらも凝り固まっている。嬲(なぶ)られるたびに硬さが増していく気がした。

「はぅう、う……あぁっ……！」

薄桃色の尖りを指先でぴん、ぴんっと弾(はじ)かれる。秘めやかな花芽も同じで、素早く嬲り倒される。

「わ、わたし……なにか、おかし……ぁ、あぅ、あっ、あぁあっ——」

どこからともなく熱が込み上げてきて、全身を炙(あぶ)られたようになる。

熱くて、気持ちがよくて、幸せだった。

その一瞬、息が止まっていた。得体の知れないなにかに体じゅうが苛(さいな)まれ、ビクン、ビクンと脈動したあとで去っていく。

体から力が抜け、ぐったりする。呼吸は荒く、胸が激しく上下していた。

「ふ……ぁ……? い、いまのは……?」

「絶頂を迎えたんだ。快感が最大限に高まると、そうして弾ける」

「弾ける……」

たしかにそういう感覚だった。いまもなお体には力が入らない。カミラは全身を弛緩(しかん)させたままぼんやりとランベルトを見つめる。

「どっちが好きだった? ここか、それともこっちか」

胸の蕾と花芽をぐりぐりと押される。

「え、あっ……あぅ、んっ……き、決められ、ません……!」

どちらも悦すぎて、どちらか片方だなんて選べない。

「どちらも好い、と。おまえは無欲そうに見えて、思いのほか欲張りだな」

ランベルトはくすくす笑いながら、花芽の下へ指を滑らせた。

「うぅ……っ、ふぅ……？」

彼の指の感触が変わった。ぬるぬるしている。

「あ……なにか、濡れて……」

「そうだ。おまえの中から蜜が溢れている」

彼が目を伏せれば、長い睫毛が影を落とす。その視線の先にあるものが、自分の中から溢れた蜜だという事実を、すぐには理解できない。

「この蜜は、気持ちよくなればなるほど溢れてくる。……ああ、よく濡れてるな」

ランベルトはカミラの蜜口をこちょこちょと探る。

「ひぁ、あ、あっ……」

「いい匂いが立ちこめてきた」

「え、えっ……に、匂い……？」

なんのことかわからなかった。お肉の香ばしい匂いを想像したが、彼が言っているのは絶対にその匂いではない。

「ああ、おまえはわからなくとも無理はない。俺の始祖は狼だからか、鼻が利くんだ」

カミラは相槌を打つことができない。

――だって……恥ずかしい。わたしにはわからない匂いを、殿下は感じていらっしゃるのだもの。

彼は「いい匂い」と言ったが、本当にそうなのだろうか。

うろたえるカミラをじいっと見つめながらランベルトは指先で蜜の零れ口を探り、侵入を始める。

――殿下の指が、わたしの中に……!?

匂いといい指といい、先ほどからずっと混乱してばかりだった。

「そ、そこ……どうして、指が……入るの、ですか……っ?」

焦りながら尋ねれば、ランベルトは丁寧に教えてくれる。

「ここは、おまえが子を宿したときに育む場所まで繋がっている。まあ、そうだな……深い洞穴といったところか」

――女性であるわたしよりも、殿下のほうがよくご存知だなんて。

別の意味で恥ずかしくなる。カミラの頬が赤らんだのを見て、ランベルトは「ん?」と声を上げた。

「なぜ頬を染める」

言いながら、ランベルトはさらに奥へと指を突き入れる。

「ふぁ、あっ」

潤みきった隘路は貪欲に彼の中指を呑み込んでいく。

「こんなふうに指を挿れられるのは、そんなに恥ずかしいか？」

無知ゆえに染まった頬だったが、いまは彼の言うとおりの理由で赤くなっている。

「はい、すごく……うぅ、恥ずかし……い、です……ん、んぅっ……」

「……悪いな、カミラ。おまえが恥ずかしがっているとどうも楽しくなってしまう」

ランベルトはほんの少しだけ悪びれたようすで肩を竦める。

「なぜだか、もっと――恥ずかしがらせたくなる」

深く、長く息を吐きながらランベルトは狭道の中で指を動かし、蜜襞を押し広げる。

「ひぁ、あ、あっ……⁉」

胸や足の付け根に触れられたときとは明確に異なる刺激だった。

くちゅ、くちゅっと水音が響くようになる。

「あ、んっ……？　この……音は……？」

「おまえが発してる。……欲をそそる音だ」

「殿下は、もしかして……お耳も、ほかの方よりいい……？」

「察しのとおり。狼だからな」

いたずらっぽく笑う彼を見て、胸がトクンと高鳴った。

きっと、絵姿の笑みとはまったく違うせい。澄ました顔で笑っているのではなくて、ごくごく人間的に笑う彼を目の当たりにして、本当にいまランベルトと向き合っているのだと、もう何度目かわからない実感をする。

「……よく潤ってる」

ときおり感想めいたものを彼が言うから、そのたびに頬が熱くなる。

「よいこと、ですか……？」

尋ねればすぐに「もちろん」と返ってきた。ランベルトはカミラの内側でぐるぐると円を描くことで蜜壺を解す。

「指を増やしてもよさそうだな」

確認するように言うなり彼は人差し指まで中に突き入れてしまう。

「ふぁああっ！」

急に指が倍になったことで、快感も跳ね上がる。異物感が凄まじいのに気持ちがよくて、もっと乱されたいと叫ぶように全身が総毛立った。

ランベルトはどこかうっとりとした顔でカミラの内側を指で犯す。ぐちゅ、ぬちゅっと卑猥(ひわい)な水音がする。

「あ、あの、音……あんまり……あぅ、くっ……ふぅっ」

「水音を立てられるのは嫌か。残念だ」

まったく残念さを感じない声音だった。

「だが俺はどんなに小さなおまえの声でも音でも、拾えている」

狭道のより深いところをぐっ、ぐっと力を込めて押される。

「おまえが奏でる音はすべてが耳に心地いい――」

顔に火をつけられたように熱くなり、ぶわ……と汗が滲む。内側に埋まっていた彼の指が、媚壁をぐいぐいと押しながら入り口のほうへと戻っていき、引き抜かれた。

「ふ、うっ……」

彼は言葉のとおり「気持ちよくなるように」してくれている。

「あ、あの、わたしは……殿下をお鎮めすることができるのでしょうか?」

先ほどからずっと、彼によくされてばかりだ。

「わたし、殿下のために……なにも、していません」

「……これからだ」

ランベルトはカミラの下腹部を指でトン、トンと叩く。

「これから、俺の一部分をおまえの中に突き入れる。いま指でほぐしたこの場所に」

カミラは彼がクラヴァットを緩めるのをぼんやりと眺めていた。ささいな仕草も優美で、目が離せない。

「ほかの男を受け入れたことはないんだろう?」

その一言はいやに低かった。心なしか彼の表情も鋭くなる。

カミラがこくこくと何度も頷けば、ランベルトは穏やかな顔になった。

「俺のものを奥まで挿れると、痛む。さっき言った『ひとつのこと』とは、それだ。だがずっとではない、一瞬だ。すぐに悦くなるはずだから」

彼が息を吸う。

「俺の言葉を信じられるか?」

「はい」

「……おまえは素直で、純朴で……穢れがない」

上着を脱ぎ、ドレスシャツのボタンを外していく彼をひたすら見つめる。

「そんな娘をいまから貫くのだと思うと――」

ランベルトは神妙な面持ちで言葉を切ると、ばさばさと荒っぽく残りの服を脱いでいった。

露わになった裸体は逞しく、服を着ていたときよりも隆々としていた。

よく見ればところどころに薄く小さな傷がある。

彼の手には剣だこがあった。体の小傷は、鍛錬もしくは実戦でできたものだろう。

このファイネ国の王族は始祖が狼とされている所以か武闘に優れており、騎士団に交じって鍛錬をするのだとエリーゼから聞いたことがある。

ゆえにランベルトは高貴でありながらどこか野性的で逞しく、令嬢たちにとても人気があるのだとも。

——きれい。

絵姿には描かれていなかったランベルトの裸体に魅入ってしまう。きっと長いこと見つめていたのだと思う。

「……穴が空きそうだ」

「え——」

しまった、じろじろと見すぎだ。カミラは慌てて目を逸らす。

「なんだ、あからさまに目を逸らして。見たかったんじゃないのか？　服は脱がないのかと訊いてきたじゃないか」

「そ、それは……単純に、疑問だったのです」

「まあ、そうだと思った」

ほほえんだまま息をついて、ランベルトはカミラの両脚を押し上げて開かせる。

先ほど指で弄られた箇所になにかをぴたりとあてがわれた。そうして初めて彼の下半身に目を向ける。

そこには、高々と上を向いた大きなものが突きつけられていた。

カミラは口をぽかんと開けたまま絶句する。

「……カミラ」

名前を呼ばれたことでどきりとして彼の顔を見る。それと同時に、猛った雄杭の切っ先が内側に沈みはじめる。

「んぁ、あ……あっ」

彼の言う「子を育む場所に繋がる洞穴」がどれくらい深いのか、どれほどの広さなのかわからないカミラは、その長大な雄物が自分の中に収まるのか疑問だった。

しかし彼のものを受け止めることが、彼を鎮めることに繋がるのは間違いない。

これこそが責務だと自覚して、カミラは慄(おのの)きながらも精いっぱい彼のそれを受け入れようとする。

大丈夫、痛みはまだない——そう思ったとき。

「ふ、っ——!?」

落雷にあったような衝撃だった。実際、雷に打たれれば生きてはいられない。あまりに壮絶な痛みで、生きた心地がしなかった。

呼吸が速くなり、瞳には水の膜が張る。

ランベルトは動きを止めて、カミラのようすを注視する。涙が滲む目元を、気遣わしげにそっと辿られた。

「つらいな……?」

頬を撫でられる。彼の手は温かい。痛みに寄り添ってくれている気がして、胸が締めつけられる。

カミラにとってランベルトは長年、憧れてきた人。

――けれどランベルト殿下は違うわ。わたしのことを覚えてはいてくれたけれど、今夜初めて会ったも同然だもの。

それなのに、気遣ってくれる。

自分本位に進めようとせず、カミラのようすを注視して、悦くなるようにと尽くしてくれている。

あの日、助けられたときからわかっていた。強く優しい人なのだと。

そしてそんな彼に、抱かれている。嬉しさのあまり涙が幾粒も連なって瞳から零れる。

「あまり痛むようなら今夜は終(しま)いにしようか」

ぼろぼろと泣くカミラを見てランベルトは深刻な顔になった。

「いいえ……！　わたしは、大丈夫……です、から……。この涙は、嬉しいから、で……」

「嬉しい？　なぜ」

正直に言ってよいものだろうかと悩みながらも言葉を絞りだす。

「憧れておりましたので……ずっと……」

「……そうか」

ランベルトはどこか切なそうに眉根を寄せてカミラに唇を押しつける。

こんなふうにくちづけられるとまるで、愛を囁(ささや)かれているよう。恋人同士にでもなったよう

な錯覚に陥る。

——でもそうじゃない。わたしはランベルト殿下をお鎮めする役。勘違いしてはいけないと、カミラは心の中で必死に言い聞かせる。

ランベルトは、眉間に皺を刻んだまま顔を上げた。

「だが俺も……もう、やめられそうにない。今夜は終いに、なんて言っておいて……面目が立たないな」

自虐的に苦笑したあと彼は小さく腰を押し引きした。

「あ、っ……」

小さな押し引きが、しだいに律動へと変わる。ランベルトはじっくりと前後しながら、奥へ奥へと楔を進ませた。

「凄まじいまでの熱を感じる。同じファーべを持つというのは、こういうことなのか——」

彼は「は……」と、熱っぽくたっぷりと息を吐く。

「足りなかったもの……あるいは、欠けていたものを満たされる感覚がある。……おまえは?」

「はい、わたしも……同じ、です。熱くて……殿下が、わたしの中に……いっぱい、で」

ランベルトは小さく眉根を寄せると、カミラの中に沈めている楔を行き止まりまでぐいっと押しつけた。

「ひぁあっ……！」

痛みはいったいどこへ行ったのか、最奥を穿たれると快楽しかなかった。

「さっき、絶頂を迎えることについて……話しただろう。あれは男にも訪れる」

薄く唇を開いたまま話をする彼を、カミラは心地よいまま下から見つめる。

「男が絶頂に達するのは、精を放つときだ」

「せ、精……？」

「そう、子種のこと。こうして繋がりあったまま……おまえの内側に出せば、子を孕むことがある」

がくんっと視界が大きく揺らいだ。

「ふ、あっ、あぁ、あ——っ」

ぴょんぴょん跳ねずとも、このベッドがよく弾むとわかる。

彼に揺さぶられている。心も体も、すべてを。

それからはなんの説明もなく、彼はただ溺れるように腰を前後させた。

カミラは、快楽に翻弄されるばかり。

大きな声で叫んだような気がするし、思いきり口を噤んだような気もする。とにかく、自分の行動が自分ではわからないくらい内側を掻き乱された。

「……っ」

ランベルトは楔を引き抜いて精を外へ逃がす。カミラの腹部に白濁が散った。

生温かなそれが、脇のほうへたらたらと流れていく。

──これはきっと、殿下も気持ちがよくなったという証。

「わたし……殿下の、お役に……立ちました、か?」

ランベルトは「ああ」と答えながらベッドサイドに置かれていたタオルを手に取り、カミラの体を丁寧に清めた。

彼に体を拭かれているのが申し訳ないと思っていると、ランベルトはカミラの心を見透かしたように「これくらいかまわないから、いまのうちに休んでおけ」と言った。

「体の具合は?」

「はい、あの……大丈夫です」

ランベルトはカミラのすぐ隣にごろんと横向きに寝転がる。

いっぽうカミラはというと、つい彼の下半身に目がいってしまった。

──大きさが全然違う!

ぎょっとして目を剥けば、視線に気がついたらしいランベルトが苦笑する。

「精を放つと、大方こうなる」

「あ、ええと……では、どうしたらまたあの大きさに……?」

「ん……まあ、すぐにわかる」

射貫かんばかりにじいっと見つめられ、目を合わせているのが気恥ずかしくなって俯く。

それでも彼は、無言で見つめてくるばかりだった。

「あ、あの……？」

「いや……あらためて見てもやっぱりかわいいな、と。赤らんだ頬とか……見つめられて視線をさまよわせるところとか。見ていて飽きない」

髪に指を絡められる。

「一晩じゅうでも見ていられそうだ」

「そ、そんなに……見ていらっしゃっては困ります。殿下が寝不足になってしまいます」

「……そうでなくても、眠る暇などないと思うが」

ランベルトは笑って、カミラの胸を掴む。

「え、えっ……？」

いつのまにか彼の下半身はもとの大きさを取り戻していた。

「お、大きく、なって――」

「おまえを見ていて興奮した結果だ」

――さっき「いまのうちに休んでおけ」とおっしゃったのは、もしかして……こうなるってわかっていらっしゃったから？

ランベルトは意味ありげに笑みを深めてカミラの首筋に吸いつく。じゅうっと水音がしたかと思えば、舌でれろりと肌を舐め上げられた。

「甘さの中に塩気もある。病みつきになりそうな味だ」

塩気があるのはきっと、先ほど激しく揺さぶられて汗をかいたせい。

まるで自分が食べ物になってしまったよう。そしてそれを、彼が賞味する。そう思うと恥ずかしくて、ランベルトの顔を見ていられなくなる。

「その顔……いいな。恥ずかしいのか」

カミラは彼の目を見て小さく頷き、また俯く。

「おまえを見ていると、いやに腹が空く」

「えっ……？　では、なにかお作りしましょうか」

すると彼は「ははっ」と軽快に笑った。

「そういう意味じゃない。いや、実際になにか作ってもらうのは大歓迎だがな」

脇腹を、乳房のほうへ向かってゆっくりとなぞり上げられる。

「いまはおまえを貪り尽くしたいんだ」

まるで新しいおもちゃを見つけたように爛々（らんらん）と瞳を輝かせて、ランベルトは勢いよくカミラの唇を塞ぐ。

「んふっ、ぅ……！」

くわえて、足の付け根に男根をぐいぐいと押しつけられた。男根は中に入るのではなく、遊ぶようにカミラの花芽を押し嬲る。

濡れた尖端で花芽を刺激されたカミラは声を上げたくなったが、唇は相変わらず塞がれているから「んんっ、ふぅう」と、くぐもった声しか出せなかった。

カミラの呻くような嬌声に配慮してか、ランベルトは唇を離す。ところが間髪入れずに胸の蕾をぴんっと指で弾かれた。

「あぁあっ！」

「おまえの声も聞きたいが、柔らかな唇も味わいたい。……悩ましい」

それからしばらく彼はなにやら考え込んでいた。そして思いついたように目を見開くと、ふたたびカミラにキスをする。

「んっ……！」

しかしすぐに唇は離れる。いっぽうで胸の蕾や花芽は指と男根で苛められ続ける。

「あぁっ、んっ……んん、ふっ……あ、あぁっ！」

唇を塞がれているときはくぐもった声に、離れているときは反動で大きな声が出る。どうやらランベルトは、カミラの口をそうして交互に塞いだり解放したりすることにしたらしい。

これでは快感が強すぎて身が保ちそうにない。そう思ったとたん、彼が隘路への侵入を始めてしまう。

「ひ、っ……あ、あぁあっ……！」

めりめりと——そんな音が聞こえたわけではないが——雄杭が狭道を拓(ひら)いていく。一度、破(は)瓜(か)を終えているとはいえカミラの隘路は依然として狭い。

「痛みは、ないか……?」

「は、い……ありませ、ん……んっ、うぅ」

ランベルトは安堵(あんど)したようにほほえんで「そうか」と返す。

「それにしても、あー……すごく、悦い。ずっとだって入っていたくなる」

彼は内側の感触を堪能するように、至極ゆっくりと腰を動かす。じっくりと溶かされているような、あるいは灼(や)かれているような心地がする。とにかく熱い。

彼のものでいっぱいになった下腹部から、手足の先までその快い熱が伝わっていく。

「あ、ん……あぁっ、う……!」

想(おも)い続けてきた人に初めての悦(よろこ)びを与えられている。しだいに律動が勢いづいてくると、気持ちがよすぎて頭の中が真っ白になる。

カミラは「あぁあっ」と喘ぎながら金色の目を見開く。

窓の向こうには、満ちはじめた半月が輝いていた。

第二章　殿下の鎮め係

十三歳のカミラはひとりでマーケットへ赴いていた。

ふだんなら両親のうちどちらかが一緒なのだが、今日はとにかく店が忙しくて、ひとりで買い出しをした。

——ひとりでえらいわねって、たくさんおまけしてもらえたわ。

カミラは小さな体で大きな小麦粉の袋をいくつも抱えていた。

夕方の大通りは人が多く、王城へ向かう馬車もあって往来はかなり混雑している。

——ほかの人にぶつからないように、しっかり運ばなくちゃ。

気をつけなければと思ったそのとき、だれかの肩がドンッと当たった。

カミラは馬車が行き交う道のほうへと投げだされる。抱えていた小麦袋が宙を舞う。目の前には馬車が迫っていた。

このままでは馬車に轢かれてしまう。わかっているのに、体は思うように動かない。

カミラは恐ろしくなってぎゅっと目を瞑った。するとどういうわけか体がなにかに引っ張られ、その勢いのままごろごろと転がった。

硬く、それでいてしなやかな『なにか』を下敷きにしている。恐る恐る目を開ければ、すぐそばに青年の顔があった。

顔の下半分は布で隠れているものの、弓なりの眉と切れ長の青い瞳は鮮烈で、美しい。彼の耳に嵌まっているイヤーカフが、夕陽をきらりと反射した。

「大丈夫か？　どこも怪我していないか」

「え……あ……」

「ん、顔が見えないから怖いか」

青年は口元の布を下へずらす。鼻や口が露わになると、その青年の麗しさがいっそう際立つ。

「痛いところは？」

カミラはふるふると首を横に振る。青年は澄んだ瞳を細くして笑った。

「殿下！　お怪我は……」

──でんか？

「私は平気だ。それよりも、散乱した袋を」

言いながら青年は小麦袋を拾う。ほかの男性たちもそれぞれ小麦袋を拾ってくれた。

「家まで送ろう。ひとりで抱え込んでいては危険だ」

「は、はい」

そうして青年と男性たちは店の前まで小麦袋を運んでくれた。

「ではこれで」

青年は城があるほうへと去っていく。カミラはろくに礼も言えず、その後ろ姿を見送った。

＊＊＊

五年前の夢を見ていた。あのときカミラは十三歳で、ランベルトは二十歳だった。

あれから両親や店の客に「でんか」について聞きまわり、彼がこのファイネ国の王太子殿下だと知った。彼は民の生活を肌で知るため、忍んで王都を見てまわることがあるのだという。

この五年、命の恩人であるランベルトの絵姿を毎朝拝んできた。

ああ、彼の絵姿を見なくては。一日が始まらない――。

カミラは目を開ける。私室の天井とは明らかに違っていた。

――そうだわ、わたし……ランベルト殿下の寝室で……。

彼のベッドには天蓋があったはずだが、いまはない。ベッドの寝心地は極めてよいものの、彼の寝室にあったものとは違う。

「……っ、う」

下腹部が重くて、すぐには起き上がれない。ベッドに肘をついて部屋のようすを窺う。窓から射す光の具合を見れば、もう昼に近いことがわかる。

ぼんやりしていると、控えめなノック音が聞こえた。カミラが目を見開いて「はい！」と返事をすると、扉が開いた。お仕着せ姿の侍女が顔を出す。

「ランベルト殿下はただいま議会に出ておられます。私はカミラ様のお世話をするようにと、殿下から仰せつかりました、リリーと申します」

「そう……なのですか。ありがとうございます、リリーさん。あの、このお部屋は？」

「ゲストルームでございます。もしお体の調子がよろしければ、お召し替えのお手伝いをさせていただきます。それからご朝食を。もうお昼ではございますが」

リリーはどこか困ったように笑っている。

体調を聞かれたということは――彼女はすべてを把握しているのだろう。

とたんに恥ずかしくなりながらもカミラは「元気です」と答えて、重い体を押してベッドから立った。

着替えと食事を済ませて少し経ったころ。ゲストルームの扉がノックされる。

侍従服に身を包んだ男性だった。ランベルトの侍従ヨナタンは「これからのことを説明させていただきます」と言い、向かいのソファに腰を下ろした。リリーは紅茶を淹れたあと、壁際に控えた。

「本来ならきちんと契約書を交わした上で鎮め係をお願いするところなのですが――」

いきなり鋭い視線を向けられたカミラは縮み上がる。

「も、申し訳ございません」

「……致し方ございません。鎮め係の契約内容についてお話しします」

まず第一に、鎮め係は主人に対して恋愛感情を抱いてはいけない。

「殿下にはごまんと縁談が持ち上がっております。現状、殿下はすべてお断りなさっていますが……いずれは高位のご令嬢を娶(めと)られます。この意味がおわかりになりますね。本来ならば鎮め係が殿下の寝室に入るなどもってのほかでございます」

カミラはふたたび謝りながら、ヨナタンの話を聞く。

第二に、鎮め係の契約中はほかの異性と関係を持ってはいけない。

契約中に子を孕んで出産した場合、生まれた子に王位継承権はなく、城の預かりになるそうだ。

「もしも子が生まれた場合、わたしが育てることはできない……ということですか？」

「そうです。王位継承権がないとはいえ王太子の子には変わりありませんから、城の中で生きることになります。裏を返せば、城内でなに不自由なく暮らせるということです」

子どもにとってはそのほうが幸せなのかもしれない。

――それにもしそうなったら、わたしがお城勤めをすれば子どもには会わせてもらえるかも。

「とはいえ、まだ見もせぬ子のことばかり考えても仕方がありません。あらためてお尋ねしますが、この契約内容であっても鎮め係をお受けになりますか？　正式に鎮め係となれば、居所(きょしょ)を城に移すことになります。いっぽうで契約内容に少しでも違反した場合は即刻城を去っていただきますゆえ」

　カミラはごくりと喉を鳴らす。

「謹(つつし)んでお受けいたします」

　昨夜ランベルトに誓った。どんな契約条件であろうとも、その決意は揺るがない。

「承知いたしました。あなたには鎮め係として専用の部屋を城内に設けますので、今後はそちらをお使いください。城へ居所を移す日取りは、殿下の指示を仰ぐことになります」

「わかりました。あの、ちなみに……わたしのほかにも鎮め係はいらっしゃるのでしょうか」

「現時点ではおりません。あなたが初めてです」

　ほっとしてしまったのは、いけないことだろうか。

　少なくとも「恋愛感情を抱いてはいけない」とヨナタンに言われたばかりだから、表情には出さないようにしなければと、カミラは気を引きしめる。

「ほかに質問はございますか？」

「いいえ、ありません」

「では鎮め係の話はこれまでとして。カミラさんはヘルジアでもあるそうですから、のちほどその判定をさせていただきます。くわえてあなたは殿下と同じ——珍しい虹色のファーベをお持ちだそうで。……それで鎮め係に抜擢(ばってき)されたのでしょうね」

ヨナタンがぼそりと漏らした言葉に、ちくりと胸が痛む。

——わたしのファーベが虹色でなかったら、ランベルト殿下とはお近づきになれなかった。

もしもほかに虹色のファーベを持つ令嬢が現れたら、ランベルトはその女性にも鎮め係を命じるのだろうか——。

もしそうだとしても、カミラがとやかく言う権利はない。

先のことばかり考えていても気分が沈むだけだ。切り替えよう。


お昼を過ぎたころ、カミラはランベルトの執務室に呼ばれた。

カミラは昨夜の出来事を思いだしてしまい、ランベルトの顔を直視できない。いっぽう彼は、カミラの手を取り甲にキスを落とした。

「体調はよいと聞いたが本当か?」

「は、はい……本当に、あの……元気です」

「そうか。……少し緊張しているか?　これから判定だからな」

王子然とした執務服に身を包んだ彼と話をするだけで緊張するのだが、そうとは言えずカミラは曖昧に笑った。

「ソファにでも座っていてくれ」

言われるままソファに腰を下ろす。部屋には物が少なく、すっきりとしている。カミラはついきょろきょろと室内を見まわしてしまう。

「ん、どうかしたか？」

「あ、いえ……。執務室というと、本や書類がたくさん置かれているイメージでしたので」

「ああ……目を通したものは邪魔だから別の場所に移している」

「読み返すことはないのですか？」

「ないな」

ふたりのやりとりを静観していたヨナタンが小さな声でカミラに言う。

「殿下は、一度目にしたものを完璧に記憶なさいますから、読み返す必要がないのです」

——記憶力がよいことは昨夜わかったけれど、まさかそこまでだなんて！

カミラは惚け顔で「すごいのですね」と言う。

「感心するのはよろしいですが、これからカミラさんはヘルジアかどうかの判定を受けるのですよ」

ヨナタンは渋面を浮かべて釘を刺す。カミラは「は、はいっ」と上ずった声で返事をした。

「ヨナタン、そう威圧するな」

ランベルトが言うと、ヨナタンは「そのようなつもりは……」と口ごもったあとで低頭した。

間もなくして侍女や侍従、それに騎士の男性など六名ほどが執務室にやってきた。

ファーベを見る相手はランベルトが任意に選出したそうだ。階級も立場もさまざまな者だという。ヘルジアの判定にあたって、同じ者のファーベばかり見ていては不正が行われやすくなるためとヨナタンが説明した。

まずカミラが、侍女や侍従、騎士たちのファーベを見て紙に書き記す。曲がりなりにも準男爵家の娘なので読み書きはできる。肉料理のレシピを覚えるために一所懸命、文字を学んだ。

ランベルトはカミラが書いたものを見ずにファーベを言う。すべて完全に合致すればヘルジアだと認められる。

カミラが全員のファーベを書き終わると、次にランベルトがそれぞれのファーベを口頭で言った。

「――この者は桃色だな」

カミラが書き出したものと比べていたヨナタンは「おや?」と声を上げる。

「その者のファーベは『薄桃色』だとカミラさんは書いていらっしゃいます。合致いたしませんね」

カミラはどきりとして体を強張らせた。

「言い方の問題だろう」

ランベルトはヨナタンを一瞥（いちべつ）する。ファーベを見られた侍女は「別のヘルジアの方には薄いピンクと言われたこともございます」と言った。

「色を薄いと感じるか濃いと感じるかは個人差だ」

「……左様でございますか」

ヨナタンはどこか不服そうに、紙に赤い丸をつけた。

「だが……そうだな。複数のヘルジアを集めてファーベを可視化し、明確な色の規定を作っておこう。そうすれば感覚的な個人差がなくなり、判定にも齟齬が出ない」

カミラは胸に手を当てて、こくこくと頷いた。

ファーベの確認が終わる。カミラは間違いなくヘルジアだと判定が下された。

「カミラ。これを」

ランベルトはカミラの耳に『ヘルジアの証』であるイヤーカフをつけた。アラベスク模様のイヤーカフを、カミラはそっと指で辿る。

「殿下とお揃いなのですね」

このイヤーカフは彼と初めて会ったとき――五年前にも目にしたし、いまもなおランベルトは耳に嵌めている。

「ああ」と答えて、ランベルトはカミラの耳と指に手を添える。イヤーカフを触っていた指ごと耳に触れられて、その部分が熱くなる。

なにかを望むように見つめられ、耳だけでなく顔全体が熱を帯びた。

ヨナタンが「コホン」と咳払いする。ランベルトは我に返ったように小さく目を見開き、手を引っ込めた。

「俺はこれから要人との面会があるが、おまえは採寸を受けたあとで家に帰るといい。今回のこと、身内に報告せねばならないよな。城へは満月の夜までに移ってくれればいい。そのあいだにこちらも、おまえを受け入れる準備をしておく」

採寸後、カミラは城を出てマユス・カフィに戻った。もう間もなく陽が沈み、店が忙しくなる時間だ。

「エリーゼ様から聞いたんだが、ランベルト殿下に見初められたって……?」

「ち、違うわ。見初められたわけでは、ないの」

両親に話すと、ふたりとも困惑顔になった。

ひとりで決めてきてしまったことが申し訳なくなる。しかももう、ランベルトとは関係を持ってしまった。

カミラはしゅんと頭を垂れる。すると父親にポンッと軽く頭を叩かれた。

「おまえも、望んでいることなんだな?」

「ええ。殿下のことは……ずっと、お慕いしていたから」

「それなら、いい。おまえの思うようにしなさい」

「憧れの王太子殿下だものね」

父も母も少し複雑な表情だったものの、両親に認められたことに安堵してカミラは胸を撫で下ろした。

翌日。昼食時のピークを過ぎたマユス・カフィには数人の客を残すのみとなっていた。

店の扉が開き、カランコロンと鈴が鳴る。「いらっしゃいませ」と声を上げて出入り口を見るなり、カミラは絶句した。

――殿下⁉

ランベルトは五年前と同じで顔の下半分を布で隠して変装しているものの、高貴さが滲みでている。店にいた客は、そのただならぬ雰囲気を感じてか皆が彼を目で追っていた。

黒い服を着たランベルトはまっすぐにカミラのもとへ歩き、カウンター席に座った。

カミラは声を潜めて「殿下、どうしてこちらに？」と尋ねた。

「なぜ俺だとわかった？」

「わかります、すぐに。殿下はどんな恰好(かっこう)をなさっていても目立つんです」

ランベルトは真面目な顔で「なんでだろうな」と首を捻った。自身の美貌には無自覚らしい。

「まあとにかく。今日はカミラの料理を食べにきた。それにおまえの両親にも挨拶をと思ってな。許可も得ずに鎮め役を命じてしまったから」

「いいえ、そのようなこと」

それに「命じられた」のではなく、喜んでその役を引き受けた。

「ですが、あの……両親はまだ殿下がいらしていると気がついていないようなので、殿下のお食事が終わられてからお話をさせていただいても？」

「ああ、それでいい。まずはおまえの得意料理を貰おうか」

「かしこまりました」

カミラはさっそく料理に取りかかる。もっとも、肝心の肉は長時間かけて調理済みなので、いまから作るのはソースだ。

フライパンにバターと砂糖を落として溶かし、混ぜ合わせたあと、小麦粉を加えてさらに色をつけていく。別の料理で出た肉汁を加え、赤ワインを投入してさらに煮る。

仕上げは東国から輸入したカタクリコだ。水に溶かしてソースに加えることでとろみがつく。最後に生クリームを少し加えればソースのできあがりだ。

肉は、あらかじめ塩胡椒とクローブ——スパイスの一種——を混ぜて水や酢などに漬け込んだあと、ローストして軽く焦げ目をつけ、鍋でじっくりと煮込んでおいたランプ肉だ。

調理済みの肉をカットし、いましがた作ったソースをかけ、マッシュポテトを添えてランベルトの前へ出す。

「お待たせいたしました」

「美味そうだ」

ランベルトはさっそくナイフとフォークを手に取り、優雅に肉を切り分けて口へ運んでいく。彼が咀嚼するのを、カミラはドキドキしながら見守っていた。

――殿下のお口に合うといいのだけれど……。

「あの、いかがで――」

カミラが言い終わらないうちにランベルトが言葉を被せてくる。

「毎日おまえの手料理を食べたい」

カウンター越しに手を引っ張られたカミラはテーブルにもう片方の腕をついて前のめりになる。

「鎮め役とは別に対価は支払う。どうだ?」

ランベルトはやけに真剣な顔つきで言うと、彼とカミラの指を深く絡め合わせた。

カミラはとたんに表情を明るくする。

「はいっ、ぜひそうさせてください!」

昼間はなにか別の仕事をもらおうと考えていたカミラには願ってもない話だ。

「カミラ、どうした?」

厨房にいた父が困惑したようすで声をかけてきた。まわりを見まわせば、ほかの客はいつのまにか帰ってしまっていた。

「あの、お父様。こちらはランベルト殿下です」

「えっ⁉」

父はあんぐりと口を開けたあとで慌てて頭を下げる。奥から母親も出てきた。声が聞こえていたらしく、父と同じく低頭する。

「どうぞ気遣いなく。話はカミラ嬢から聞いているだろうか」

「はい。その――」

「カミラ嬢は城で丁重にもてなす。私の鎮め役となること、許していただきたい」

――殿下の話し方が少し違うわ。

公（おおやけ）の場ではこうなのかもかもしれない。思い起こせば五年前も、このような感じだった。

「もちろんでございます。どうぞよろしくお願いします。そして五年前は、娘を助けてくださりありがとうございました。お礼を申し上げるのがたいへん遅くなりました――」

両親はふたたび深々と頭を下げる。

「私のほうこそ。感謝する」

ランベルトがにこっと笑う。その笑顔は余所（よそ）行（ゆ）きの言葉とは違って朗らかだ。彼は眩（まぶ）しい笑顔のままカミラのほうを向く。

「そうだ、おまえの部屋を見たい」

「えっ？　ど、どうして……ですか？」

「城にはすでにおまえの居室を構えてあるが、内装や家具などある程度は似せようと思ってな。そのほうが過ごしやすいだろう」

「いえ、あの……お気持ちだけで充分でございます。わたしはどんなところでも元気に過ごせますので」

「そう遠慮するな」と言うなりランベルトは席を立った。

「少々邪魔するぞ。おまえの部屋は二階か？」

両親は「たいへん恐縮ですがどうぞごゆっくり」と言うばかりで、ランベルトを引き留めてはくれない。

——部屋にはランベルト殿下の絵姿があるのに！

「そういえば今日は、ご公務はよろしいのですか？」と、カミラは彼を引き留めようとする。

「いまは少しだけ休憩だ。街の視察も兼ねている。実際に民がどんな暮らしをしているのか見聞を広めるのも公務のうちだ。それに今夜は城におまえがいないから時間をもてあましそうだ。執務は夜にやる」

「そ、そうですか……。あの、散らかっておりますので先に少しだけお片付けを——」

「どんな状態であろうと俺はかまわない」

長身の彼が一歩進めば、カミラは二、三歩進んでやっと追いつく程度。まして歩くスピードも彼のほうが断然速い。木製の階段は彼が上るごとにギッ、ギッと軋んだ。

ランベルトの前へ出て部屋へ入るのを阻止——できるはずもなく、私室の扉を開けられてしまう。

扉に『カミラの部屋』などと、わかりやすく札をかけておくのではなかったと心底後悔した。

「——なんだ、片付いてるじゃないか」

部屋を見まわしてランベルトが言った。いますぐ彼の目を両手で塞ぎたい——が、できるわけがない。

カミラは彼に見つかる前にと、壁に掛けている絵姿の前に立とうとした。ところが一足遅かった。

ランベルトはその長い足を動かして、カミラよりも早く絵姿の前に立ってしまう。

「俺の絵姿か。なぜこんなものを?」

「う……っ」

「見たところかなり年季が入っているようだが。いつからここに掛けていたんだ」

「うぅ……」

カミラはすぐには答えられない。「憧れていたから」と一言、口にすればそれで済む話だというのに。

「これを見ながら自身を慰めているとか」

「自身を慰める……?」

聞き慣れない言葉に、カミラは首を傾げる。

「昨夜、俺がしたようなことをひとりでしているのではないか、と」

「ちっ、違います、そのようなこと……！　わたしはただ、毎朝絵姿に向かってご挨拶をしているだけ――」

慌てて口を押さえたものの、もうすべて白状してしまった。

「ふうん」

なにがおかしいのか、ランベルトは口元に手を当てて笑っている。

「おまえ、このあいだは俺に『そんなに見られては困る』なんて言っていたが、自分のことを棚に上げて。絵姿とはいえ俺のことをじろじろ見ていたのはカミラのほうじゃないか」

「わたし、本当に……憧れていたのです。五年前に助けていただいてから、ずっと」

下を向いて、なかば独り言のようにカミラは言葉を紡いだ。そこへ彼の手が伸びてくる。頬と顎を手のひらで覆われ、上を向かされた。

「……健気でかわいい」

慈しむような優しい眼差（まなざ）しを受けて、体の芯がじいんと熱くなる。

「だがもう、あんなものより俺のほうがいいだろう？」

カミラは口を開こうとするものの、ランベルトに塞がれてしまう。

「んっ……!?　んふ、う……ん……っ」

まるで肉を食らうように、唇を深く食(は)まれる。あまりの勢いにカミラはランベルトと唇を合わせたままふらふらと後ずさり、ベッドに倒れ込んだ。

シングルベッドは、そこに膝をついたランベルトの重みでギシッと大きな音を立てる。

ベッドに倒れてもなお彼はくちづけをやめない。カミラの両腕をシーツの上に磔(はりつけ)にしたまま激しく唇を貪る。

「コルセットをつけていないようだが」

唐突に唇が離れたかと思えば、ランベルトはやや厳しい口調でそう言った。

「ひゃ、あ」

ワンピースの上から胸をぎゅっと掴んで押し上げられる。そのあとは的確に胸の頂を擦り立てられた。

「あ、あぁっ……」

瞬時に快感を覚えてしまう。そんなカミラを見おろして、ランベルトはいささか苦しそうに言葉を絞りだす。

「不用心なんじゃないか。出歩くときは必ずつけるように。おまえにあてがう部屋にはすでに取りそろえてある」

ラウンドネックになっているワンピースの襟を、彼は中の肌着ごと強引に下へずらす。

すぐにぷるんっと乳房が露呈する。

「見ろ、胸が容易く明るみに出た」

「や、ぁ……ごめ、なさ……い、うぅっ……」

謝るカミラを静かに見つめ、ランベルトはよく実った双乳を上下左右に揉み込む。

「おまえを城から帰したあと……後悔した。自分の行いを悔いたのはずいぶん久しぶりだった」

尖りはじめた薄桃色の先端を指でつん、つんっと押された。

「ふぁあっ！」

軽くつつかれただけでも下腹部に甘く響く。

彼は悩ましげな顔でカミラの棘をふたつとも指でつまみ上げる。

「……すぐに会いたくなってしまったんだ」

まるで懺悔するような口ぶりだった。ふたたび彼の唇が近づいてくる。カミラが目を瞑ると、ランベルトは角度を変えて何度も唇を重ねた。

しだいに彼の唇が首のほうへと移ろう。ちゅうっと音が立つほど強く肌を吸われた。

「おまえが城に移ってくる日が待ち遠しい」

彼は肩に顔を埋めたままだから、くぐもった声だ。

「あ、あの……では明日にでも、お城へお伺いします。だから、あっ……」

まるでその言葉を待っていたかのように、ランベルトはにいっと口角を上げる。

「そうしてくれ。さっきも言ったが居室の準備は整っている。というか、急ぎ調えた。いつでもおまえを迎えられるように」

「あ……ありがとう、ございます」

「ん――」

ランベルトは獣のように低く唸ると、ふたたびカミラにくちづける。剥きだしの胸の蕾はふたつとも、彼の指に押されて形を変えている。

「ふっ……う、ぅ、ん」

カミラがたまらず身を捩ると、シングルベッドがギシッと音を立てて軋んだ。

いけない。あまり動いていては階下に響く。カミラはじっと、耐えるように身を硬くする。

「……今日は、昨夜よりも静かで大人しいな?」

「声は……できるだけ我慢しています。体も、あまり動かさないようにと思って……。下には両親がおりますから、音が響くのは……ちょっと」

――お客さんは夕方までだれも来ないだろうけれど、それでもお父様やお母様に変な声や音を聞かれるのはよくないわ。

「聞かれてはまずいのか？ 彼らはおまえが俺の鎮め役になることを了承したじゃないか」

彼は本当に、なにがまずいのかわからないといったようすで首を傾げている。

「恥ずかしい、です。特に、その……おかしな声を聞かれるのは」

「おかしい――か？　気持ちがよくて出る声だから、恥ずべきことではないだろう」

ランベルトは爽やかに笑って、ワンピースの裾をぐいっと捲り上げる。

「きゃ、あっ」

反射的に足をクロスさせると、彼は「なぜ閉じるんだ？」と言いながら足の付け根を手探りする。

「さあ……脚を開くんだ。おまえの小さな花芽を見たい」

「う、ぅっ……」

羞恥に炙られながら、カミラはおずおずと脚を開く。見たいと言われて悦んでいる部分もあって、複雑だった。

私室のベッドで胸を晒し、はしたなく脚を左右に広げている。そしてその中心にあるクロッチを避けて、いままさに彼が秘所を明るみに出そうとしている。

「ぁ……っ」

壁掛けランプには明かりを灯していなかったものの、まだ陽は沈んでいないので室内は明るい。

秘めやかな箇所が蜜を零していることを、彼はすぐにわかってしまうだろう。

案の定、ランベルトはしたり顔で秘所を見つめている。

「たっぷり蜜を溢れさせて……本当にかわいらしいな、カミラは」

溢れ口から蜜を掬われ、そのすぐ上にある花芽に塗り込められる。

「ふぁ、あぁあっ……!」

つい大きな声を出してしまったあとで、慌てて口を押さえる。ランベルトは、カミラのそんな仕草を見て口角を上げ、なおも花芽を蜜で濡らしていく。

「んっ、ん……んぅっ」

彼の指が花芽を擦ると体が弾む。ワンピースの襟に乗っかるようにして、ふるりふるりと乳房が揺れる。

見慣れた私室で、両親に隠れてこんなことをしているなんてと思うのに、彼の指にはこの上ない快楽ばかりを与えられる。

ボーン……と、一階に置かれている柱時計が定刻を告げた。するとランベルトは小さく眉根を寄せて目を細め、身を屈める。

耳の下を吸われた。さっき吸い立てられたのとは別の首筋だ。ランベルトはちゅう、ちゅうと音を立てて、白い肌に花びらを散らしていった。

夕方。カミラはマユス・カフィの常連客たちに「明日から城へ出仕する」と話した。皆が「おめでとう」と祝いの言葉をくれた。

そこへエリーゼがやってくる。彼女はカミラを見るなり「あらぁもぅ〜っ、首にそんな痕つけちゃって！」と叫んだ。

「え、首？」

常連客たちは皆が、どこか気まずそうにカミラから視線を逸らす。

「わたしの首になにかついていますか？」

「ええ、それはもうくっきりと、キスマークが」

「キ……ッ、え、えっ？」

エリーゼは笑いながらカミラの向かいに腰を落ち着かせて、小声で話しだす。

「強く肌を吸われると赤い痕が残るのよ。キスマークと言って、おまえは俺のものだ〜っていう独占欲を示すためのものね。犯人は殿下なんでしょう？　昨夜つけられたの？」

本人がこの場にいないとはいえランベルトに向かって「犯人」とは、エリーゼはやはり剛胆だ。

「あ、いえ……えっと」

――つけられたのはたぶん……ついさっき。

あれからランベルトは小一時間ほどカミラの部屋で過ごした。そのあとは懐中時計を見て、さも残念そうに「城に戻る時間だ」と言って帰っていった。

にやにやとした面持ちでエリーゼに見つめられて恥ずかしくなったカミラは、話題を変えるべく「そういえば！」と口火を切る。

「昨夜はあのあと、エリーゼ様はどのようにお過ごしに？」

「うら若い令嬢たちに囲まれたわ。『私もランベルト殿下に紹介してください』っていう令嬢たちにね。けれど、あなたがヘルジアだから紹介したまでと言えば皆が悔しそうに消沈していたわね」

エリーゼは「ほほほ」と笑って話を続ける。

「過去に『私はヘルジア』だと嘘をついた令嬢がいたのだけれど、ランベルト殿下も正真正銘のヘルジアだから、すぐに見破られてしまったの。だから、ヘルジアとして目覚めた者はいちばんにランベルト殿下に紹介して、真偽を確かめてもらうことになっているのよ。うら若い令嬢たちはそのことを知らなくて私に群がってきたようだったけれど。ふふ、面白かったわぁ」

カミラは苦笑して、エリーゼの前に料理を出した。

「エリーゼ様。じつはわたし、ランベルト殿下の鎮め係を仰せつかったのです。明日、城へ移ることになったので……お店にはしばらく出られないかと」

「そう――まあ、予想はしていたのよね。あなたのお肉料理が食べられなくなるのはとっても残念だけれど、やっとカミラがランベルト殿下とお近づきになれたのだもの。嬉しいわ！」

エリーゼは上品にナイフとフォークを使い、瞬く間に分厚いステーキを吸い込んでしまう。

「殿下の鎮め係に抜擢されたことは、足がかりだと思っているの」

いったいなんの足がかりなのか、カミラにはわからない。

「私ね、あなたのことを娘のように思っているのよ。なにか困ったことがあったら私のことも頼りなさい。母はふたりいてもいいでしょう！」

エリーゼは「任せなさい」と言わんばかりに自身のお腹を叩く。きっとほかの『侯爵夫人』はそういう仕草をしない。そもそもマユス・カフィに来ることもないのだろう。

カミラは瞳に涙を溜めて「ありがとうございます、頼もしいです！」と答えてほほえんだ。


あらかじめランベルトから指示された時刻に城へ行く。今日はきちんとコルセットをつけてドレスを着ていた。昨晩、店が終わるころにランベルトの使いという男性が届けてくれた。ドレスの箱には流麗な字で「きちんとコルセットを」と書かれていたので、あまりの念の入れように、つい笑ってしまった。

城で出迎えてくれたのはヨナタンだった。

「カミラさんのお部屋はこちらです。道順を覚えてください」

「は、はい。あの、ランベルト殿下は……」

「殿下はご公務にお忙しいのです。いちいちあなたに時間を割くわけにはまいりませんから、城の案内は私がいたします」

「そうなのですね。ヨナタンさんのお時間を割いて申し訳ございませんが、よろしくお願いします」

そのあとは無言のままヨナタンのあとをついていく。

「――カミラ」

廊下の角を曲がったところでランベルトに遭遇した。

「部屋に行くところか？　ここからは俺が案内する」

「ですが殿下はご公務がおありなのでは」

「時間を作った。ヨナタン、おまえは下がっていい」

ヨナタンは一瞬だけ眉を顰めたものの、すぐに低頭して去っていった。

「あれには何度も『俺がカミラを案内する』と言ったんだがな。公務、公務とうるさい。今朝は早く起きたから、多少の時間調整はできるというのに」

「早く目覚められたのですか。もしかしてあまりお眠りになれない？」

王太子ともなれば悩みも多いだろうと、カミラは心配になって尋ねた。

ランベルトはカミラの頬に手を添える。

「……おまえが城に来ると思ったら早く目が覚めた。会いたかった」

身を屈めた彼の唇が頬に当たる。キスされたのだと自覚したときには、彼に手を引かれていた。ふたりで歩きだす。

「そのドレス、よく似合っている」

「ありがとうございました。わざわざお店まで届けてくださって」

「ん――まあ、送りつけるのもどうかとは思ったんだがな」

そうして歩くこと数分。

「ここがおまえの部屋だ」

「……はい。ここ……ですね」

扉には『カミラの部屋』という札がかかっていた。

「ええと、この札は……」

「おまえの部屋の扉にかかっているものとよく似ているだろう?」

からかうようすはなく、どこか誇らしげだ。

もしや冗談のつもりかと思ったが、そうではないようだ。カミラは顔を引きつらせながらもなんとか笑って「そうですね。ありがとうございます」と礼を述べた。

室内へ入る。私室を何倍も広くして豪華にしたというような部屋だ。実家の私室と似せると彼は言っていたが、共通点といえば扉の札と家具の配置くらい。

――いいえ、札と配置くらい……だなんて、失礼だわ。あれから一日も経たずに調えてくださったのだから!

あの札は城の豪奢な扉には似つかわしくなくてしかもちょっと恥ずかしいなどと、言うべきではない。

「お心遣い本当にありがとうございます、殿下」

「気に入らないところがあればすぐに設(しつら)え直すから、言ってくれ」

扉の札が脳裏をよぎるものの、あれは彼の善意だし、嬉しい気持ちもあるのでカミラはなにも言わなかった。

クローゼットにはドレスが三着ほど収められていた。コルセットもきちんと備えられている。

「ドレスは取り急ぎ作らせたものだから、いまおまえが着ているぶんを入れてもまだ四着だが、これからもっと増える」

「えっ？　増えるのですか？　四着もあれば充分ですのに」

「俺が見たいだけだ」

正面にまわり込んできた彼に、こめかみのあたりをそっと手で覆われる。

「いろんな姿を見せてくれ。……俺だけ、に」

ベッドでのことをほのめかされているような気がして顔が熱くなる。カミラは小さな声で「はい」と返事をするだけで精いっぱいだった。

「さっそくだが城の中を案内しよう」

ふたたび手を取られ、部屋を出る。

「城内は自由に出歩いていい。そのように通達も出しているから」

ランベルトはカミラの手を握ったまま城の廊下を歩き続ける。そうして厨房、食堂、中庭、訓練場などの場所をふたりで巡った。

最後に立ち寄ったのは彼の執務室。

「俺は公務時以外はたいてい執務室にいる。まあ、執務室で書類を片付けるのも公務といえばそうだが。ともかくこの執務室はおまえの部屋からそう遠くないから、絵姿ではなく俺のもとへ挨拶に来ればいい」

ランベルトはおもむろに身を屈め、カミラの耳のすぐそばで囁く。

「なんならキスしてもらってかまわない。絵姿にしていたように」

「わ、わたしっ、絵姿にキスなんて……！」

「ははっ」

どこか少年じみた、屈託のない顔でランベルトは笑っている。またからかわれたのだとわかり、唇を尖らせずにはいられない。その唇を、彼の長い人差し指につんっと押された。

「悪い、冗談が過ぎた。だが日に一度は必ず顔を出せ」

「お邪魔になりませんか？」

「ならないが、まあ……ただ来るだけというのも、おまえが退屈か。そうだな——書類の整理でも手伝ってもらうとするか」

「は、はい。精いっぱい頑張ります」

「よろしく頼む、カミラ」

翌朝、カミラは言いつけどおり彼の執務室へ行った。

マユス・カフィの帳簿は母親が管理していた。カミラはこれまで料理ばかりで、書類を扱うことがなかったので少し緊張する。

「おはようございます、殿下。どうぞよろしくお願いします」

ランベルトは執務机の向こうで羽根ペンを持ったまま「おはよう」とほほえむ。

「さっそくだが仕事だ。ヨナタンから書類を受け取ったら、そっちの席で整理してくれ」

「かしこまりました」

カミラはヨナタンがいる席へ向かう。

「赤い丸があるものとないもので分別をお願いします」

ヨナタンにどっさりと紙の束を手渡されたカミラは心の中で「いきなりこんなに⁉」と驚きながらも両手で書類を受け取った。

「おや、不安そうな顔をなさって。書類の整理は自信がないごようすで。でもまあご安心ください。外部の者が見ても問題ないような些末な書類です。機密事項は少しも書かれておりませんので」

薄ら笑いを浮かべるヨナタンにカミラは「頑張ります！」と意気込みを見せる。

「カミラ、無理はしなくていいからな」

「ありがとうございます、殿下」

カミラは書類を指で辿りながら赤い丸を確認していった。

いっぽうランベルトはというと、ヨナタンから渡された書類を次々と決裁する。執務の速い遅いに関してはよくわからないが、ヨナタンが「殿下はお速くて正確です」と褒めるので、そうなのだろう。

執務机の手前にいたヨナタンが急にこちらを向く。

「殿下に見とれず手を動かしてください、カミラさん」

「はっ、はい」

――ヨナタンさんの言うとおり、余所見している場合じゃない。

文字、赤い丸、文字、文字、赤い丸――慣れないせいか、ずっと見ていると目がまわってしまいそうだった。

それでも丁寧に、しっかりと書類を分別していく。きっと料理と同じだ。分量を間違えればのちのち大事になるのと同じように、ひとつひとつを確実にしていかなければ。些末な書類だとヨナタンは言っていたが、任されたからにはミスなくきちんとしたい。

「――さて、カミラ。そろそろ書類も見飽きただろう、昼食の準備を。終わっていないぶんはまたあとですればいい」

集中力は限界だった。もしかしたらランベルトはそうだとわかって声をかけてくれたのかもしれない。

カミラは厨房へ行き、料理長に許可を貰う。あらかじめランベルトから「厨房やアイスハウスのものはなんでも自由に使わせるように」と指示があったと料理長は笑って話し、快くカミラに料理をさせてくれた。

太陽が真上に昇るころ、食堂でランベルトに肉料理を振る舞う。ランベルトは美味しそうにぺろりと平らげてくれた。

彼の笑顔を見ているとこちらまで嬉しくなる。料理のしがいがあるというものだ。

その後はランベルトと一緒に執務室へ戻り、書類整理の続きをした。

そして夕方。

「とんでもなく遅かったですがまあ……いいでしょう。どうぞ部屋へお戻りを」

「はい。お疲れ様でした」

カミラはヨナタンに頭を下げて部屋を出る。ランベルトはすでに執務室にはいなかった。野外訓練場へ行くのだと言っていた。

──訓練場でどんなことをなさっているのかしら。

好奇心に負けてカミラは野外訓練場へと足を運ぶ。

柱の陰からそっと訓練場を見る。あまり堂々と見物していては迷惑になると思ってそうした。

「──次!」

ランベルトの雄々しい声が響く。ドキンッと胸が鳴った。大きな声に驚いたから胸が高鳴ったわけではない。彼の声を聞くだけで全身が悦(よろこ)んでしまう。

——わたしったら、ふしだらだわ。

カミラは自分の頬を軽く叩くことでなんとか平静を保ち、ふたたび彼に視線を据える。

ランベルトは剣を構え、若い騎士の相手をしている。彼の凄まじい気迫に、若い騎士は気圧されているようだったが、それでも果敢に向かっていく。そんな騎士の剣を、ランベルトは易々(やすやす)と弾(はじ)き返して一蹴する。

素人目から見ても、ランベルトがとてつもなく強いということがわかった。彼の横顔は極めて真剣だが、身のこなしは軽く、じゃれる子犬の相手をしているようにも思えてくる。

カミラはそれからずっとランベルトに見とれていた。訓練が終わったらしく、騎士たちがランベルトに深々と頭を下げた。

ランベルトがくるりと体の向きを変えたので、カミラは慌てて柱の陰(かげ)に隠れた。足音がどんどん近づいてくる。恐る恐る後ろを向けば、視界を塞ぐように彼が目の前に立っていた。

「あ、あのっ……おつ、お疲れ様で……ございます。わたしがここにいたこと、もしかしてずっとご存知でしたか?」

「ああ。匂いでわかった」

かあっと顔が熱くなる。盗み見していたこと、匂いで悟られてしまったことが恥ずかしい。

「申し訳ございません、勝手に……その、盗み見を……」

「俺に関心を持ってくれて嬉しいかぎりだが?」

彼が首を傾げると、額の汗がきらりと夕陽を反射した。精悍(せいかん)な美しさに、またもや目を奪われる。

「……また夜に」

ランベルトが一歩、こちらに踏みだせば彼も柱の陰に入る。夕陽が届かないその場所で、甘やかに唇が重なった。


「カミラちゃん、すまないが今日は殿下だけでなく侍女や侍従たちのぶんも昼食を作ってもらえないか」

朝食後。使用人たちが食事を取るセカンドダイニングから戻ろうとしていたカミラは料理長にそう声をかけられた。

なんでも厨房専属の侍女数人が熱を出して寝込んでおり、ふだんは別の仕事をしている侍女に手伝いを頼んだものの朝食を作る際は戦のようだったという。キッチンメイドの応援は頼んでいるが、昼過ぎにならなければ来られないとのことだった。

「そういうわけで、カミラちゃんだ。殿下に許可は貰っているから」

「わたしでよければお手伝いさせていただきます！」

「いやいや、主戦力だよ。さっそく仕込みを始めよう」

「はい！」

それからカミラは料理長と力を合わせ、昼の定刻までに料理を仕上げた。

セカンドダイニングに、カミラが作った料理が並ぶ。

「……いやに騒がしいですね」と、やってきたヨナタンが眉間に皺を寄せて言った。

「今日はカミラ様が僕たちの昼食も作ってくださったんです。もうこのお肉が絶品で！」

入り口近くのテーブル席についていた若い侍従が言った。

「以前から思っておりましたが、仮にも準男爵家のご令嬢が料理ですか。私は本日の昼食はけっこうです」

ヨナタンはくるりと背を向けて、セカンドダイニングを出ていく。

「なにあれ、感じ悪ーい」

向かいに座っていた侍女がヨナタンの背を見ながら呟いた。

「こんなに美味しいカミラ様のお肉料理を食べないなんて、人生損してますね」

傍らにいたリリーはそう言うなりフォークを口に運んで肉を食べ、すぐにまた顔を綻ばせた。

ふと、セカンドダイニングの入り口にランベルトの姿が見えた。ところが彼はすぐにふいっと顔を逸らして、行ってしまう。

——声をかけてくださらなかった。

顔を合わせればいつも、話しかけてくれるのに。

——ううん。いつも声をかけてもらおうなんて、贅沢だわ。

立場の違いをわきまえなければと、カミラは肝に銘じる。

その日、夕闇に浮かぶ満月はとてつもなく大きく見えた。カミラは浴室の窓から、東の空に昇ったばかりの月を眺める。

「……浮かないお顔ですね、カミラ様。お昼のお肉料理、本当に美味しかったですよ。またいただきたいです」

バスタブに浸かるカミラのそばでタオルを絞りながらリリーが言った。

「ありがとうございます、リリーさん。けれどヨナタンさんは食べてくださらなかったな……と思いまして。わたし、嫌われているのでしょうか」

「ああ、ヨナタンは……なんというか、身分にうるさいところがありまして。自分が子爵家の次男だからって、調子に乗っているというか」

カミラはきゅっと唇を引き結ぶ。貴族の令嬢ならばふつう、料理はしない。

——エリーゼ様はご厚意でわたしたちの店に来てくださるけれど……。

貴族は高位になればなるほど本来なら邸で専属のコックが作った料理か、あるいは貴族御用達の店にしか通わない。

沈むカミラを見てリリーは表情を明るくする。

「とにかく、あんな偏屈で堅物で嫌味でいっつもむすっとしてる口うるさいオジサンなんて、気にされないほうがいいですよ！」

カミラはおかしくなって「ふふっ」と笑った。

リリーは、初めて会ったときよりもくだけた話し方をしてくれるようになった。仲良くなれて嬉しい。リリーもまた声を上げて笑っている。

「……あら？　なんだか外が騒がしいですね。見てきます」

部屋では別の侍女が、ランベルトを迎えるために花を活けたりシーツを整えたりと準備してくれているはずだ。

「お、お早いご到着で――」

扉の向こうから、リリーのうろたえた声がかすかに聞こえた。

「これ以上の準備は不要。おまえはもう下がれ。部屋にいる侍女も、全員だ」

ランベルトの声だ。ふだんのものとは違う。苛立っているような気がした。

リリーが「はい」と答える声がした直後、彼が姿を現す。

「で、殿下⁉　あ、あのっ……」

とっさに胸元を隠すものの、もう見られたことがあるのにそんな必要はないとも思う。

むしろ鎮め係なのだから、たとえこちらが湯浴み中であっても彼の求めには応じなければならない。

——でも、きちんと清めておかないと失礼よね？

「わたし、ええと……い、急いで湯浴みを終えますので」

ランベルトは感情の読めない顔をして近づいてくる。

「急ぐ必要はない。……そうだ、俺が洗ってやろう。侍女の代わりに」

「いっ、いいえ、まさか……そのようなこと」

「遠慮は不要だ」

自分が濡れるのもかまわずにランベルトはバスタブの中にいるカミラを外側から抱きしめる。

「カミラは無垢だから……簡単にだれの手にも堕ちてしまいそうだ」

「そ、そのようなこと！　わたしはランベルト殿下のことが——」

ヨナタンに言われた言葉を思いだす、恋愛感情を抱いてはいけないと。

——好きだと思うこと自体、いけないのに。

カミラはぐっと唇を噛みしめて言葉を呑み込んだあとで、体裁よく言い繕う。

「わたしは、殿下の鎮め係を仰せつかっております、から……ほかの方のもとへ行くことは、絶対にございません」

「……そういう契約だったな。俺は、対価で……おまえを縛っている」

どこか憂いを帯びた声を耳にして心臓が跳ねる。縛られてなどいないと言いたい。しかし、ではなぜ契約を結んだのかと問われれば恋心を白状することになりかねない。

好きだから鎮め係を引き受けたと、知られてはならないのだ。

――わたしは彼の妻にはなれないのだから。

準男爵の娘では王太子の妃になれないし、彼にはごまんと縁談が舞い込んでいるとヨナタンが言っていた。きっと隣国の姫だとか、公爵令嬢だとか――そういう高位の貴族令嬢で、政治的に有益な相手を彼は娶ることになる。

視線をさまよわせて俯くカミラを見おろし、ランベルトはバスタブの泡を荒っぽく掬う。

泡まみれの手で、剥きだしの胸を押し上げられる。

「ひぁあ、あっ……！」

ランベルトは泡を掬っては、執拗にカミラの乳房に塗りつけて揉み込む。最初は片方だけだったのに、いつのまにか両手で乳房を弄られていた。

「こうして洗われていてもおまえはよがる。侍女に同じことをされて、感じてないだろうな」

「リリーは、こんな……洗い方……し、しませんから……っ、あ……」

「悪かったな、こんな洗い方で」

「ち、違うのです、そうではなくっ……」

カミラは首を横に振りながら弁明する。

「こんなに……煽情的に、なんて……。それにわたし、背中以外は自分で、洗って……ぃ、あぁ……っ!」

ふたつの乳房を掴まれたまま、その先端をぬるぬると擦り立てられる。

「ふぁ、あぅ……あ、あっ」

「あの侍女とずいぶん仲がいいようじゃないか。笑い声が浴室の外まで聞こえていた」

「い、いけないこと……でしょうか……? う、ぅ……っ」

「そんなことはない。ただ、俺が……おまえのいちばんになりたいだけだ」

下腹部がきゅんと疼いたのが、彼の言葉のせいかあるいは胸への刺激のせいかわからなかった。

世界でいちばん好きだと言ってしまいたい。でもそれでは契約を違えることになる。このことが周囲に――とりわけヨナタンの耳に入れば「契約違反」だとして、きっとすぐに城を追われる。

カミラは眉根を寄せ、唇を噛んで自分の気持ちをしまい込む。

ランベルトは執拗に薄桃色の棘を複数の指で扱き上げる。

「あぅ、あっ……はぁ、んっ……!」

カミラが高い声を上げて悶えるたび、バスタブに浮かんでいる薔薇の花びらがゆらゆらと揺れる。そのせいか、甘やかな香りが濃くなった。

――もしくはわたしの呼吸が荒くなっているから。

気持ちがよくて大きく息を吸い込むせいで、薔薇の香りを強烈に感じるのかもしれない。

「……甘い匂いだ。今宵はやけに昂ぶる。いまだかつて感じたことがないくらい……熱い」

——昂ぶって、熱いのは……満月だから？

きっとそうなのだろう。そしてそれを鎮めることがカミラの役目。

「薔薇の、香り……わたしも、甘いな、って……」

「違う。甘く香っているのはおまえだ」

まるで獣が小動物の息の根を止めるように、性急な動きで首筋に噛みつかれる。実際には少し歯を立てられた程度なので痛くはなかった。それどころか、歯を突き立てられたことで快感を覚える。なにかを期待して、下腹部がドクンと脈打った。

じゅう、じゅうっと水音が立つほど肌を吸われる。所有印（キスマーク）をつけられている。

胸の頂をぐりぐりと乳房に押し込められたカミラはたまらず体を捩って口を開く。

「ランベルト、殿下……あ、ぁ……っ」

「もっと呼べ。俺の名を……おまえのあえかな声で、何度でも」

カミラは彼の言うとおりに何度も名前を呼ぶ。だからなのか、彼の表情が初めよりも和らいでいる。

ヘルジアの証である揃いのイヤーカフを指で弄ばれる。そしてそのすぐそばを舌が這う。

「……揃いのものを身につけるのは、なかなかいいな」

彼の唾液で濡れた耳に息を吹き込まれると、あまりの心地よさに全身がぶるりと震えた。

うっとりと瞳を潤ませるカミラをしばし見つめたあとでランベルトは唇を塞ぐ。

「ん……う、んっ……⁉」

熱いなにかが唇を割って入ってきた。ざらついたそれは歯列や上顎、下顎など口腔を隈なく探ってカミラの舌を搦めとる。

「ふう、んっ……ん、ふっ」

口の中で縦横無尽に動いているのは彼の舌だとようやく認識するのと同時に、膨らみの頂点をぎゅうっと引っ張られた。

「んんっ……！」

呻き声を上げ、バスタブを隔ててランベルトの胸に縋る。目を瞑っている状態では、そうして彼の胸に頼らなければ立っていられなかった。

彼の舌が上顎をくすぐる。もしかしてそこも「性的興奮を高める」箇所なのだろうか。

——絶対にそう。

だって気持ちがいい。捻り上げられている胸の蕾とあいまって、下腹部の秘めやかな箇所にとてつもなく響く。

彼の右手は胸をたっぷり弄りまわしたあと、いままさに疼きを増している足の付け根へと下りていった。

太ももの内側を、大きな手のひらで摩られる。唇が離れたのが残念で、つい彼の口を見つめてしまう。

「ここは石鹸でこうなっているのか、それともカミラの中から溢れた蜜でこうなのか——」

形のよい唇が紡ぐ言葉に呆然と聞き入っていたカミラだが、意味を理解すると羞恥で燃え上がった。

蜜口から溢れた愛液が太ももまで濡らしているのではないかと、彼は言いたいのだ。

きっとそのとおりだと思うのに素直には認められず「うぅ」と唸るだけになる。

彼の指先が、濡れそぼった陰唇の際をすりすりと擦る。

「あぅ、ふう……ぅ、あぁっ……」

指はなかなか割れ目の中心に来てくれない。だからなおのこと快感を期待して腰が揺れてしまう。

ランベルトはからかうように秘裂の表皮を指で掠めてカミラをよがらせる。

「あ……っ」

じわ……と、内側から蜜が溢れる感覚がした。彼は、気がついただろうか。

「もっと濡れてきた」

「——っ!」

どうして悟られてしまうのだろう。野性の勘か、あるいは天性の機敏さか。なんにしても、恥ずかしさに拍車がかかる。

「頬を真っ赤にして恥ずかしがって……どこまでかわいらしいんだ、おまえは」

どこか狂おしげな顔で言うなりランベルトはカミラの蜜口を指で抉った。

「ひぁああっ！」

下半身への刺激を待ち望んでいたとはいえ急にそうされたものだから大声が出る。

ランベルトはカミラの声に聞き入るように青い瞳を細め、裂け目の中にある花芽を指の腹で押す。

彼の指が蜜に濡れているせいか、花芽はうろたえるように右へ左へ躍る。くにゅりくにゅりと指を弾いて逃げ惑う。

「ふあ、あぁっ、あぅっ」

しつこく花芽を嬲られて、何度も気が遠くなりかけた。

その小さな粒を押されるたびに彼を好きな気持ちが膨れ上がっていく気がする。愛しくて、もっとしてほしくてひとりでに腰が揺れる。

「おまえはいつも……ねだるように動く」

恍惚とした顔で呟くとランベルトはカミラの唇をがぶりと食み、指遣いを激しくした。

「ふぁあ、あっ、んんっ……ん！」

嬌声まで吸い尽くすようなくちづけと、花芯を嬲る指が気持ちよすぎて、立っているのがいだす。
「物欲しそうにどんどん溢れてくる」
褒めたたえるような口調で告げられれば、恥ずかしさと悦びが込み上げてきてまた蜜を生み
よいよつらくなってくる。がくがくと両脚が揺れて、足元がおぼつかない。

それがますます指の滑りをよくして、快感に結びつく。
カミラは「はぁはぁ」と息を荒らげながらランベルトを見上げる。目が合うと、彼はほんの
少しだけ唇を噛んでカミラの胸をぎゅっと掴んだ。
「あぁっ」
「カミラは両方が、好きだからな」
胸の蕾と下半身の花芽を両方同時に弄られるのが好きだと知っている彼は、容赦なくカミラ
の快楽を高めていく。
そうなればもう嬌声が止まらなくなり、快感に溺れながら駆け上がっていくばかり。
浴室だからか、喘ぎ声がこだまする。恥ずかしいのに抑えられず、カミラは「あぁぁあぁああ
っ!」と大声で叫んで果てを見た。
「ふ……う、ぅ……」
吐く息さえも浴室じゅうに響いている錯覚に陥る。足の付け根は彼のものを欲しがるように
ドクドクと脈づいている。

ついこのあいだまでなにも知らなかったのが嘘のように、彼に依存している。

ランベルトは、瞳にうっすらと涙の膜を張るカミラの目元にちゅっと唇を寄せた。

「ひゃっ」

抱え上げられ、バスタブの外に下ろされる。彼に背を向ける恰好になる。腰を引かれたので、カミラはとっさにバスタブの端に両手をついた。

衣擦れの音が聞こえる。体を捩って彼のほうを見れば、トラウザーズと下穿きが引き下ろされたところだった。

情欲を滲ませて大きく膨らんでいる雄物を目の当たりにして下腹部がトクンと跳ねる。

——もしかしてこのまま……？

立ったまま彼にお尻を突き出しているこの状態で、繋がることなどできるのだろうか。ところがそれはすぐ杞憂になる。

蜜の溢れ口に突き立てられた男根は難なく狭道へと侵入する。よく潤った隘路は、ランベルトの楔を悦んで受け入れる。

「あふ、ぁ、あ……ん、んっ……！」

大きな彼のものが、入ってくる。ここはベッドの上ではないし、正面から貫かれているわけでもない。だから不安定だと思うのに、雄杭を突き入れられた体はぐちゅ、ぐちゅっと歓びの悲鳴を上げていた。

――こんな体勢なのに……なんだか、深い……？

以前とは違うところに楔が当たっている気がする。前にもまして深いところに、彼の楔が届いている。

自分を支えているものが両手だけだからか、ドキドキする。彼の大きなものを支えきれるのか、激しい律動に耐えられるのかと、心配になってきた。

「摩擦はない、が……ひどく狭いな」

少し苦しそうな声だった。

「え、あ……どう、すれば……？」

どうすれば彼を気持ちよくできるのだろう。ランベルトにはいつもされるがまま。カミラはなにもできていない。

「んん……どうすれば、か」

小さく笑って、ランベルトはカミラの臀部（でんぶ）を両手で掴む。

「ひぁあっ⁉」

急にお尻を掴まれたものだから驚いて体が弾む。

「こんな体勢で、緊張している？」

「あ、う……っ、そ、そう……かも」

「よけいな力は抜いていい」

カミラの緊張を解そうとしているのか、ランベルトはお尻を撫でまわす。それで緊張感が抜けるのだろうかと思っていたが、しだいに強張りが消えていった。

大きな両手で肌を撫でられると安心する。もっと撫でてほしくて腰を振ってしまう。

「ああ、また……そんなに誘って」

「ん、え……っ?」

「カミラは俺を煽るのが上手い」

ランベルトは楔を緩く前後させながら、お尻にあてがっていた手の片方を下へずらして花芽をつまむ。

「ひゃうぅっ!」

「すごい驚きようだな」

笑い声が聞こえたわけではないが、きっと彼は笑っている。

——よかった、ご機嫌がよくなられたみたい。

浴室へ来たときは苛立っていたようだし、どこか苦しそうだった。

顔を思いきり後ろへ向けて彼の表情を確かめる。穏やかにほほえんでいるのを見てカミラも口元を緩ませた。

「ん、なんだ?」

「あ、いえ……ランベルト殿下には、笑っていてほしいな……って」

すると彼は笑みを深めた。

「俺だって……そうだ」

緩慢だった彼の動きが速さを伴いはじめる。

「いつだって笑っていてほしいと思う、が……必死に喘いでいる顔も、いい」

「あ、ぁっ……あぅ、あぁっ」

「これだとじっくり見られないな、カミラの顔を。体勢を変えるか？」

「や、ぁ……この、まま……で」

「これが気に入った？」

カミラは「ふぅ」と呻く。こんなふうに後ろから突かれるのは気持ちいい。

——けれどそれよりも、顔を見られるのが恥ずかしい。

自分がいったいどんな顔をしているかわからないから、見られたくない。

左側から彼の手が伸びてきて顔を覆う。いや、指先で表情を確かめているようだった。

「あぁあっ……」

目で見られるよりも、こうして手で表情を探られるほうがこたえる。

「だめ、です……っ。手で、探るのは……や、ぁ」

「……そうか。手で探っていいのはここだけか」

大きな手のひらが下へずれて、抽送で揺れる乳房を掴む。

「ふぁあっ」

膨らみはぐにゃぐにゃと揉まれ、その先端は指で捻りまわされる。彼の右手は変わらず花芽を苛めていた。

「あぁ、あっ、あん、んんっ！」

カミラの嬌声が大きくなるにつれランベルトの律動も激しさを増す。体と体がぶつかり合う音まで聞こえてきた。

「カミラ……っ、カミラ」

初めて彼と繋がりあったときよりも、たくさん名前を呼んでもらっている。

「ん、っ――締まった」

短くそう言って、ランベルトはさらに腰の動きを加速させる。

「あぁあ、あっ、ランベルト……殿下、もう……わ、わたし……あぁ、あぁああっ……！」

大きく体を仰け反らせれば、窓の向こうに月の端が見えた。視界に捉えたのがたとえほんの少しでも、月は燦然とした光をもたらす。

眩さに目を瞑ると、彼の楔が体から抜ける感覚があった。

「あ――」

すぐに彼のほうを向く。雄茎から白い飛沫が上がる瞬間を見た。ビュクビュクと脈打っている。

ところが精を放ってもなお彼の一物はもとの大きさを保ったままだった。初めての夜に彼が「大方こうなる」と言っていたのを思いだす。

しぼまないことも、あるのだ。

「まだ、だ……カミラ」

ああ、また。名前を呼ばれると、歓びを映すように蜜が溢れる。

――だって……『わたし』を認めてもらっているみたい。

鎮め係ではなくただのカミラとして抱かれているような気持ちになる。

そうではないのに。鎮め係という事実しか、ないのに。

――けれどこの役目は、ほかの人には譲りたくない。

彼を鎮めるのはいつでも自分でありたいと、驕った考えに至る。

「ふっ……ぅ、くぅ……うっ……」

圧倒的な質量を保ったまま、ふたたび彼が戻ってきた。しかし相変わらずというのならカミラも同じ。隘路はいまだに湿潤で、彼の存在を大歓迎している。

雄杭は行き止まりを穿ち、カミラの嬌声を底なしに引きだす。

「ひぁ、あっ、あぅっ……奥……やぁ、あっ」

最奥ばかり突かれていてはおかしくなってしまいそうだった。

「奥は……好みじゃない、か?」

好きか嫌いかと言われれば、間違いなく前者だが、そういうことではない。よすぎて、このままではきっと意識が吹き飛ぶ。

「わ、わたし……もう、あぁ……あ、あぁあっ……！」

カミラの嬌声は満ちた月の夜に溶けていく。

第三章　うたかたの虹

カミラは馬車の窓に貼りついて外ばかり眺めていた。

「王都の外へ出るのは初めてか？」

「はいっ！　わぁ、わぁあっ……」

馬車に乗ること自体が珍しいカミラにとって、窓の外はさながら魔法の世界だ。四頭立ての馬車から眺める景色は次々に変化していくから、見ていてまったく飽きない。

「……子どものような顔をして」

車窓に映るランベルトと目が合った。いかにもほほえましいといった表情で頬杖(ほおづえ)をついている。

急に恥ずかしくなったカミラは頬を染めて下を向く。

「ご、ごめんなさい……。はしゃいでしまって……」

「はしゃいでいる顔もかわいいからべつにかまわない」

顎を掴まれ、もっとよく見せろと言わんばかりにやんわりと上を向かされた。彼の眼差しはいつも優しく、そして熱を帯びている。

「……ああ、邪魔してしまったな。また外を眺めるといい。ただしここで」

ランベルトはひょいっとカミラの体を抱え上げ、自分の膝に下ろす。彼の膝に座る恰好になってしまった。

「えっ……。殿下、あの」

「俺の膝の上では不満か？　馬車の座席と同じ程度には座り心地がいいと思っているが」

冗談めかして言いながら、ランベルトはカミラの頬にキスをする。熱くなっていた頬にそう
されれば、ますます熱がこもる。

「重く、ありませんか？」

「全然。もっと体重をかけてもいいくらいだ。カミラの重みを、もっと感じたい」

ハーフアップにしている髪を何度も指で梳かれる。

「俺のことは気にせずに、ほら――外を」

「はい」と答えて、ふたたび視線を窓の外へ向ける。

王都からはだいぶん離れ、のんびりとした田舎道に差し掛かる。

今日は朝早くに出立し、国境近くにあるヘルジア研究所へ向かっていた。馬車の中にはラン
ベルトとふたりきり。侍従は別の馬車に、護衛は御者席の隣にいる。

研究所を訪ねる目的は、以前ランベルトが言っていた「ファーベの色規定」を作るためだ。

といっても一朝一夕で色規定はできあがらない。ほかのヘルジアにも順番に声をかけてサンプルを集めることになるとランベルトは話していた。

「今回の旅にはヨナタンを城に残してくることができてよかった。あいつは有能ではあるんだが、なにしろ面倒な性格だ」

カミラは外を眺めるのをやめて彼を見る。ランベルトはヨナタンだけでなく、リリーにも留守番するよう指示していた。

「カミラが書類を整理してくれるのも、正直かなり助かっている。ヨナタンはもとは国王付きの侍従だったんだが、俺の王太子としての教育も兼ねて国王から遣わされた」

ランベルトはカミラの体を抱いたまま、金髪を指に絡めながら話し続ける。

「あのとおり嫌なことばかり言うから、書類整理の者は長続きしないんだ。その点カミラはすごい。本当につらくないか？」

執務室で書類の整理を手伝うようになった初日にも「ヨナタンがあれこれ言ってくるが、心にこたえていないか？」と尋ねられた。カミラはそのときと同じように答える。

「まったく問題ございません」

「そうか？　だが、あまりに不愉快ならヨナタンを俺の侍従から外す」

「えっ。国王陛下からのご命令でヨナタンさんは殿下の侍従になられたのですよね？」

「何年も前の話だ。もう教育係は不要だと考えている。執務にあたってはべつにどの侍従でも

「問題ない」

たしかにランベルトは、側仕えがヨナタンでなくても執務に支障をきたすようなことはなさそうだ。

「本当はもっとのんびりさせてやりたいとも思うんだが……カミラが長く執務室にいてくれると、俺が嬉しい」

カミラはランベルトから目が離せない。外の景色よりも彼に目を引かれる。

「昼も夜も、俺はおまえを働かせてばかりだな」

「殿下のために働かせていただくのは、わたしの本望ですから」

即答すれば、ランベルトは驚いたような顔になった。

「……ではその言葉に甘えて」

彼がにいっとほほえむのでドキッとしてしまう。こういう顔をしているときのランベルトは決まって、他人には見せられないようなことを仕掛けてくる。

「カミラ……」

鎖骨を舌でなぞられる。髪とうなじ、耳と頬を手で覆われ、もう片方の手ではドレス越しに太ももを撫で上げられた。

「ん……っ、殿下」

焦りと心地よさが瞬時に込み上げてくる。たとえドレスを隔てていても、足の付け根に触れられればすぐに快感を思いだしてしまう。

――けれど昨夜もあんなに、したのに……!

まるで毎日が満月のよう。月がほとんど欠けてしまっているいまもなお彼の昂ぶりは続いている。

「あ、あの、でもいまは……その、御者や護衛の方に、聞こえてしまいます、から」

求められるのはいつだって嬉しいし、応えたい気持ちもある。しかし、きちんと声を抑えられる自信がまったくなかった。

「……それは嫌だ」

ほほえんでいた彼だが突如として仏頂面になる。

「カミラの甘い声はだれにも聞かせたくない」

ランベルトは小難しい顔をしてカミラの頬を摩る。

「だから……唇だけ」

そうして静かに唇と唇が合わさった。彼の柔らかな唇が、馬車の走行音をかき消す。

ヘルジア研究所はネーフェ伯爵領の中心地にあった。国境に位置するこの伯爵領は学術研究が盛んで、隣接する各国から多くの若者がやってくるという。

王都ほどではないが往来は行き交う人が多い。異国風の服を着た若者の姿が目立つ。ネーフェで学術研究をするために外国からやってきた留学生たちだろう。

馬車で緩い坂道を上っていく。丘の上に白い建物があるのが車窓からちらりと見えた。

「ヘルジア研究所はネーフェ伯爵邸内にある。所長はゲオルク。ネーフェ伯爵の息子だ。これから研究所の……というか、伯爵邸の庭で会うことになっている」

唇を指ですりすりと辿られる。

あれから、いまのいままでほとんどずっとキスを交わしていた。それでもまだ彼は唇を見つめたり、触ったりしてくる。「まだまだキスしたい」と言わんばかりに。

唇が塞がっている状態なら、高い声も出せないから——。

「も、もうすぐ着くのですよね」

直前までキスしていては、赤い顔のままヘルジア研究所の所長と会うことになってしまいそうだ。

——しかもわたし、キスだけじゃ足りないだなんて思ってしまって……。

こんなことではいけない。気を引き締めよう。ヘルジアとして研究の役に立つため、ランベルトと一緒にネーフェ伯爵領へ来たのだ。

真っ白な壁が印象的な伯爵邸の玄関前で馬車を降りた。迎えてくれた家令の案内で庭へ直行する。

庭へと続く小道の入り口に、金髪に緑の瞳の男性が立っていた。いかにも研究者というような白衣を着ている。

「ようこそ、ランベルト殿下」

男性がにこっと笑う。対してランベルトは顔を顰(しか)めた。

「なんだその他人行儀な話し方は」

「いやぁ一応、お客人の前だし。僕とランベルトじゃ身分が違うから」

「すでに砕けた話し方になっている」

「あは、ほんとだね。それじゃあまあ、いつもどおりにということで」

ずいぶんと気安い雰囲気だ。カミラはついランベルトを見上げる。視線に気がついたらしいランベルトが説明してくれる。

「ゲオルクとは寄宿舎学校時代からの友人だ」

「あぁよかった。僕、ちゃんと友人だと認識されていたんだね」

「下僕と紹介するほうがよかったか?」

「ひっ、ひどい！」

ゲオルクは両手で顔を覆って項垂(うなだ)れた。しかしすぐに顔を上げて満面の笑みになる。

「それより、いいかげんに紹介してくれない？　そちらのお嬢さんを」

「おまえが話を逸らしたんだろうが」と文句をつけながらもランベルトはカミラを紹介する。

「カミラだ。俺の鎮め役」

「おお、ついに！　しかもヘルジアなんでしょ？　ランベルトと同じファーベを持っているとか。ああもう、ものっすごく興味深い！　よろしくね、カミラちゃん」

　手を差しだされたのでカミラも右手を出そうとする。ところがランベルトにぎゅっと掴んで阻まれた。

「カミラはやらん。あと呼び方がなれなれしい。それに興味深いとはなんだ」

　ランベルトはカミラの肩を抱いてゲオルクを睨む。

「やだな、横取りしようなんて思ってないよ。でもちょっと研究はさせてほしいな」

「だめだ」

「ええっ⁉　それじゃあなんのためにここまで連れてきたのさ」

　彼はカミラを抱き込んだまま、虚を衝かれたように目を瞠る。

「……自慢？」

　まさかの返答に驚いたのはゲオルクだけではない。カミラは「えっ？」と声を上げる。

「あの――わたしもヘルジアですから、研究に協力させていただくために参りました。そうですよね、殿下」

　ランベルトはばつが悪そうに「そうだ」と返す。

「まったく、ちゃんとした理由があるっていうのにランベルトは！　カミラちゃんすっごくかわいいし、わかるけど。あんまり子どもじみたことしてると嫌われるよ？」

カミラを抱くランベルトの腕に力がこもる。

「ふだんはこうじゃない。おまえと話してるせいだ」

「うわっ、僕に責任転嫁？　未来の国王様は心が狭いぃ～」

ふたりのやりとりを見ていると仲のよさが伝わってくる。

「まあこんなところで立ち話もあれだし、さあどうぞ奥の庭へ。美味しいケーキやタルトを用意しているよ」

「どうりで甘ったるい匂いがするわけだ」

「わぁ、相変わらず鼻が利くね。花の香りもあるのに、もしかして嗅ぎ分けできるの？　さすがオオカミくん」

仲がよいにしても、あんまりの言いようだ。カミラのほうがひやひやしてくる。

ちらりとランベルトのようすを窺えば、彼は口では「黙れ」と言っていたが、表情は柔らかかった。

「というかおまえ、いつになったら王都に戻ってくる？　その無駄にいい頭をもっとファイネのために使え」

「いやだな、ちゃんとヘルジア研究という形で貢献してるじゃないかぁ」

「もっと政治に参画しろ。俺の周囲は胡散臭い連中ばかりで信用ならん」

「わかったよ。きみが身を固めるときには王都へ行こうじゃないか」

ゲオルクがどうしてかこちらを見てくるので、カミラは首を傾げた。

ふたりは互いに軽口だが、信頼ゆえなのだろう。なんだか少し羨ましい。

──わたしの知らないランベルト殿下を、ゲオルク様はきっとたくさん知っていらっしゃる。

いや、妬いてしまうなんて分をわきまえていない。いま、そばにいられるだけでも奇跡なのだ。

自分を戒めつつゲオルクの案内に従って歩く。花々に囲まれた東屋の下に円形のガーデンテーブルとチェアが設えられていた。

ガーデンテーブルの上に置かれたケーキスタンドにはタルトやスコーンなど、美味しそうな菓子がずらりと並べられている。

見ているだけでよだれが垂れてしまいそうになり、カミラは唇をきゅっと引き結ぶことでなんとか耐えた。

「カミラちゃん、どうぞ遠慮せず食べて？　ああ、ランベルトにはちゃんと肉を用意してあるから」

「……そんなふうに言われるとなぜか食う気が失せるな」

ゲオルクの口ぶりは狼に餌を与えるような言い草だ。そんなこと口が裂けても言えないが、ランベルトもどこかでそう感じたのかもしれない。

「殿下は甘いものもお好きなのかと思っていました」

「別段、嫌いではないがそれほどたくさんは食べないな。カミラはなぜ俺が甘党だと思った?」

「鎮め係を仰せつかった夜に、殿下がおっしゃっていたので……。その、ええと……わたしのことを、甘い……と」

ついあの夜のことを思いだしてしまい赤面する。

「そうだな。菓子よりもおまえのほうがほどよい甘さで、美味い」

彼が真顔で言うので、カミラはなにも言葉を返せなかった。

テーブルを囲んで席につく。ランベルトの隣にカミラ、その向かいにゲオルクだ。

カミラはランベルトとゲオルクが喧嘩腰の歓談をするなか、ひたすら甘い菓子を頬張(ほおば)った。

そうして、ティータイムが終わるころ。

「よーし、じゃあカミラちゃん。僕のファーベを見てもらえる?」

「はいっ」と意気込んで、カミラはゲオルクの緑眼を見つめる。そのようすをランベルトは横で不機嫌そうに眺めていた。

もう少しでゲオルクのファーベが見えそうだった。しかしなにかに遮られてしまう。

「え、あれっ?」

急に視界が真っ暗になってしまったのは、ランベルトが目元に手をかざしたからだとやっと気がつく。

ランベルトはカミラの目元を手のひらで覆いながらゲオルクに言い放つ。

「おまえのファーベはカミラが見るまでもなく脳天気な黄色だろう」

「いやいや、カミラちゃんにあらためて見てもらいたいんだよ」

「いつだれが見たって同じだろうが」

「そうでもないよ。じつはファーベは変化するということがわかってきたんだ」

「なんだ、それは。詳しく説明しろ」

ゲオルクは急に得意顔になって話しはじめる。

「たとえば黄色だったファーベも、しばらくしたら赤色に変わっていることもある。実際、そういう例が何件か認められている」

「その要因は？」

「まだ定かではないね。一定の年齢を重ねるせいなのか、あるいは感情が作用しているのか」

ランベルトはそっと手を下ろしたあとで「ふうん」と言って紅茶を飲み、ゲオルクの瞳をじいっと見つめた。

「……だが現状、おまえのファーベはやはり黄色だ。とんでもなく明るい」

「うーん、そっか。ちょっと残念。僕も変化しないかなぁ、虹色とかに」

「ヘルジア以外の者には見えないのだから、何色だって関係ないだろう。それにありふれた色のほうが、相性のよい相手を見つけやすい」

——相性のよい相手。

ドクッ、と大きく心臓が跳ね上がった。

「きみも言うようになったねぇ」

ゲオルクはにやにやとした面持ちでランベルトを見ている。その後もふたりはなにか会話していたが、カミラは話を聞いているどころではなかった。

——もしもだけれど、わたしと殿下……どちらかのファーベが変わってしまったら？　そうしたら、わたしではランベルト殿下のお相手は務まらない。

カミラの顔から血の気が引く。どちらかのファーベが変化したら、互いに『相性のよい相手』ではなくなってしまう。

青ざめるカミラに気がついたランベルトが声をかける。

「どうした、カミラ？　ゲオルクが不愉快で表情を曇らせているのなら、即刻消すが」

そうしてランベルトは腰に差していた剣に手を添えた。

「ちょっと！　物騒だよ、そんなむやみやたらに牙剥かないで！」

カミラは精いっぱい笑って「なんでもありません」と答える。

「そうは見えないな」

ランベルトはガーデンチェアから身を乗りだしてカミラに詰め寄る。

「おまえが暗い顔をしていると、落ち着かない」

両手でこちょこちょと脇腹をくすぐられる。

「ひゃ、あっ……ぁ」

つい高い声が出てしまって口を押さえると、ランベルトは眉間の皺を深くした。

「こら、ゲオルクの前でそういう声を出すな」

まるで獣のように、首筋に軽く歯を立てられた。ゲオルクに背を向けたランベルトはカミラを隠しながら膨らみに手をあてがう。

「で、殿下……！」

「コルセットが邪魔だ」

「で、ですが、出歩くときはつけているようにと……ランベルト殿下が」

「……そうだな、言った。解くか」

カミラは唇を引き結んで、ふるふると首を横に振る。するとランベルトは渋々といったようすだったが、すぐに手を引っ込めた。

本気だったのかそうでないのかわからないものの、ほっとする。ランベルトは不満そうな顔のまま自分の席へ戻る。

「カミラちゃんもたいへんだね。昼間でこうなんだから夜はもっとすごいんじゃない？　ランベルトは記憶力がいいから、一度見聞きすればすぐにそういう知識を蓄えちゃうもんね。いろ

いろ試されてたりして」

「えっ……い、いえ、その」

そうなのだろうか。わからないながらも、ランベルトとの夜を思いだして顔が火照る。

「だからなんで、こいつの前でそんな顔をするんだ」

ランベルトはカミラの顔を手で覆い隠す。いっぽうゲオルクは「仲良しだねぇ」と笑う。

「ランベルトは愛とか恋にはものすごーく鈍感だけど、まっすぐな男だから……末永くよろしく頼むね、カミラちゃん」

──末永く。

いつまで一緒にいられるのだろう。鎮め係の契約に期限はないものの、彼が「もう不要だ」と言えばそれまで。ファーベにしても、変わってしまわないかと不安が残る。

──だめだめ、沈んでいては！

頭の中であれこれ考えても仕方のないことだ。葛藤(かっとう)を押し込めて、カミラは紅茶を飲む。香り高くて美味しい。

「そうそう、カミラちゃん。いまちょうど虹祭り期間中だから、あとで街のほうへもぜひ行ってみて」

「虹祭り……とは、なんですか？」

「この時期のネーフェ伯爵領の特徴なんだけどね。夕方になると急な雨が降ることが多くて。

雨粒が太陽の光を反射して、東の空に虹が出やすくなるんだ」

「虹……！　あまり見たことがないので、楽しみです」

「うんうん。街には露店もたくさん出ているからね。ランベルトと一緒にお忍びでどうぞ。ランベルトも、ここは辺境だからそんなに顔は知られてないだろうしね。ああでもその前にしっかり研究に貢献してもらうけど」

研究所内へと場所を移し、ファーベの色彩について認識のすり合わせを行う。ランベルトもカミラも、研究所内にいるほぼ全員のファーベを見ることになった。

途中で休憩は挟んだものの、終わるころにはランベルトもカミラもすっかり疲れきっていた。

「――いやぁ、ご協力感謝します」

ゲオルクは紙の束を捲（めく）りながらほくほくとした顔で言う。

「まあでもさ、そもそもこれを指示したのはランベルトだしね。これから段階的に、ほかのヘルジアからもデータを集める予定だよ。恨むならランベルト殿下をって、ほかのヘルジアに言っておくね～」

ランベルトは言葉を返す気力もないのか、もしくは「ファーベの色規定を作る」と提案したのは自分だからか、ゲオルクを睨むだけだった。

カミラとランベルトは街行きの服に着替えて緩い坂道を下っていく。

「もう当分、だれのファーベも見たくないな」

「そうですね……」

「だが本当によかったか？　街へ行くのに馬車でなくて」

「はい、殿下さえよろしければ。わたしも、遠くを見ながら歩きたかったのです。目が疲れていますから」

ゲオルクに「遠くを見て目を休めながら街まで歩いていけば？」とアドバイスを受け、そうしている。

「それならいいが。うん、まあ……こうして歩くのも悪くない」

ランベルトに手を取られる。ふだんよりも飾りの少ない服を着てふたりで歩く。まわりからはどう見えるのだろう。

——恋人とか、若い夫婦とか。

「カミラ？　嬉しそうだな」

「へっ」

妄想に浸って、どうやら笑ってしまっていたらしい。

「すみません、つい……お祭りが楽しみで」

嘘ではない。虹祭りが楽しみなのは本当だ。

「そうか」とだけ返して、ランベルトもまたほほえむ。いまだけはこの笑顔が自分に向けられていて、自分だけのものに思えてくる。

カミラはそっと、彼と繋いでいる手をより強く握った。

緩い坂道を下り終わり、馬車が通れない道へと入る。ランベルトはこの街を何度か歩いたことがあるそうだ。

「虹祭りの時期に来るのは初めてだがな。けっこうな賑わいようだ」

広場にはあちらこちらにテントが張られ、無数の露店が並んでいた。多くの人が露店で買い物をしたり、ベンチで話したりと思い思いに過ごしている。

広場の向こう側には伯爵邸に劣らぬ高さの建物が見える。

「あの大きな建物はなんでしょうか」

「学校だな。ゲオルクが校長だ。まあ研究所も学校も、わざわざあいつが長を務める必要はない。ほぼ道楽だ。あいつは……本来ならもっと政治に参画すべき人材だ」

「ゲオルク様のこと、信頼なさっているのですね」

するとランベルトはどこかむっとした顔になったが、そのあとで「まあな」と素直に認めていた。

食欲をそそる香ばしい匂いが、どこからともなく漂ってくる。

「……腹が減るな」

ランベルトが呟いた。

「わたし、なにか買ってきますね。殿下はこちらで少しお待ちください」

「いや、それなら俺が」

「大丈夫です！　殿下に露店で食べ物を買わせたなんて、もしヨナタンさんの耳に入ったらわたしが叱られてしまいますから」

じつは出立前、ランベルトにさんざん言われて城に残ることになったヨナタンに託されていた。「私の代わりにカミラさんが殿下のお世話を」と。

護衛の男性たちは、姿はなくともきっと近くにいる。ヨナタンの耳に入る可能性はおおいにあるし、そうでなくてもランベルトになにか買ってきてもらうなど畏れ多い。

「ヨナタンか。そうなればたしかに面倒だが」

「すぐに戻りますので」

カミラは意気揚々と露店へ急ぐ。マユス・カフィにいたときもよくマーケットへ買い出しに行っていた。

五年前、初めてひとりで行った買い出しではランベルトに助けられたわけだが、あのときといまでは違う。もう少女ではない。立派にできるところを彼に見てもらいたい気持ちもあった。彼が「絶品だ」と唸る食べ物を調達してみせる。

露店を何軒も見てまわり、ランベルトが好みそうなものを物色する。片っ端から食べさせればいいというものでもない。美味しいものを厳選して食べさせてあげたい。

いちばんに目をつけた露店の前で立ち止まる。ピックの刺さった肉厚なそれは、見た目にはとても食べやすそうだった。

「すみません。このお肉、味付けはどのように?」

「赤ワインで煮込んで、ハーブとトマトを合わせた肉汁たっぷりのソースをかけてるよ!」

これは間違いなくランベルトの好みだ。香りもよい。

「これください!」

その後もカミラはランベルトが好みそうな食べ物を買いまわった。手を汚さずにすぐ食べられるようにと、紙に包んでもらったので完璧だ。

鼻歌を歌いたい気分で彼のもとへ戻る途中、異国の服を着た若い男性に話しかけられた。留学生だろう。しかし外国語なので、男性がなにを言っているのかさっぱりわからない。

「ごめんなさい。わたし外国語がわからないのです」

カミラがそう言っても、男性はにこにこしたまま一歩も引かないので困り果てていた。

そこへ別の男性の背中が割って入る。

ランベルトだ。

彼は流暢(りゅうちょう)な外国語で男性になにか言った。男性はどこか顔を引きつらせながら手を振って去っていく。

「カミラ、平気だったか?」

くるりとこちらを向くなりランベルトが言った。

「はい、ありがとうございます。先ほどの方はなんとおっしゃっていたのですか?」

「虹はどのあたりからよく見えるか、と。まったく、なぜカミラが知っていると思ったんだか」

ランベルトは眉間の皺を深くして、目つきを鋭くする。

「……いや。それは単なる口実で、おまえを誘おうとしていたのかもな」

「まさか、そんなことないと思います」

彼の眉間の皺がますます深くなる。

「ともかく俺から離れないように。片時も」

カミラは頷いて、ぴたりと寄り添う。するとランベルトは満足げに顔を綻ばせた。肩を抱かれると、まるで恋人になったような気持ちになる。頬が熱い。

「あの、わたし……ひとりでも立派に買い出しができるところを、殿下に見てもらいたかったのです」

彼はカミラが手に持っていた肉料理をがぶりと豪快に食べる。

「ん、美味い。ちゃんといい買い物ができてるじゃないか。えらいぞ、カミラ」

頭をぽん、ぽんと軽く叩かれる。やっぱり子ども扱いされている気がするものの、褒められれば嬉しい。カミラは破顔した。

「ほら、おまえも食べてみろ」

「ですがこれは殿下に――」

「いいから」

促されるまま、彼がしたのと同じようにかぶりつく。彼の好みに合わせて選んだつもりだったが、自分の好みでもあったかもしれない。

「美味しいです！」

「そうだろう」と言いながら、彼はカミラに唇を寄せる。カミラの唇についていた肉の端切れを口に含んだあとで、ちゅっとキスをした。

「えっ……あ、あのっ⁉」

「口の端に肉がついていたから。絶品だった」

「〜〜っ」

彼に「絶品だ」と言ってもらえたものの、これはなにか違う気がする。カミラは耳まで真っ赤になった。

熱くなっている頬に、ぽたりとなにかが落ちてきた。天を仰げば、黒い雲が目に入る。

「ゲオルクが言っていた『急な雨』か。カミラ、こっちだ」

ランベルトに連れられてテントの下で雨宿りする。そのあいだに彼はカミラが買いまわったものをぺろりと食べてしまった。

しだいに雨が小降りになってくる。西の空には太陽が輝いている。

「出そうだな」

　ランベルトの言葉に従うように、虹が姿を現しはじめる。ところがそびえ立つ学校が大きな壁となり、虹の一部分しか見えなかった。

「もっとよく見える場所へ行こう」

彼に手を引かれて歩きだす。互いに自然と歩調が早くなる。のんびりと歩いていたら虹が消えてしまう。

いつ現れるのか、いつ消えてしまうのかもわからない虹を追いかけて、ランベルトに連れられるまま複雑な裏路地をすいすいと抜けていく。

入り組んだ道の角をいくつも曲がり、迷いなく階段を上る。

「きつくないか？　抱えていってもいいぞ」

階段の途中で急に彼が振り向いた。

「まだまだ歩けます。わたし、体力にはちょっと自信があるんです」

店で働いていたときはほとんど一日じゅう立ちっぱなしだったし、配膳や片付けのために歩きまわっていた。これくらいで体力は尽きない。

——それに、自分の足で殿下についていきたい。

抱えて連れていってもらうのではなく、自らの足で彼と虹を追いかけたかった。

「……頼もしいな」

ランベルトは笑って、また歩きだす。ふたりで空を目指して進んでいく。

そうして高台に着いた。古ぼけた鐘楼の向こうに、虹が半円を描いている。

カミラは少し息が弾んでいたが、ランベルトはふだんどおり穏やかだった。あたりに人気はない。

「素敵な眺めですね。ここに来るまですごく入り組んだ道でしたけど、いらっしゃったことがあるのですか?」

「いや、初めてだ。街へ下りる前にゲオルクから道順を聞いた」

ランベルトは一度の説明であの複雑な道のりを覚えてしまったのだろう。

「さっきの若い方にこの場所のことは――」

「教えていない。ゲオルクに『内緒だ』と言われていたからな」

それにきっと、教えたところで並の人間は一度では覚えられない。

「ここは領民しか知らない場所だが、仕事に忙しい領民たちはいまさらこの場所で虹など眺めないそうだ」

だからだれもいないのだと納得する。ランベルトとふたりきりで虹を見上げる。空を駆ける虹が、ふたりだけのものになったよう――。

「きれい」

「そうだな」

虹を見ていたはずなのに、いつのまにかランベルトと見つめ合っていた。彼のファーベを視界に捉える。いま空に架かっている虹がいっそう輝いて見えた。

カミラは目を見開いて、彼のさらに向こうを見つめる。

「虹が――もうひとつ」

カミラの声に誘われてランベルトも空に目を向ける。

それまであった半円の虹の上方に、もう一回り大きな虹色の橋が架かっている。最初に架かっていた虹よりも薄いものの、圧倒的な存在感を放っていた。

呼吸を忘れてしまいそうなほど美しい。なにもかもが奇跡に思えてくる。

ランベルトと出会えたこと。いまここに、彼とふたりでいること。尊くて――儚い時間。

強い風が吹いた。太陽の光がどんどん弱くなる。雨粒が風に煽られて空の彼方へ飛んでいく。

カミラは縋るように手を伸ばす。虹はどうして、すぐに姿を消してしまうのだろう。

変わらずそこにあり続けてほしい。ずっと変わらず虹色であってほしい。永遠に、不変であればとひたすら願う。

「あ……」

必死の願いも虚しく、太陽の光を失った虹は薄くなり、やがて消えた。

「泡沫の虹が、悲しいのか……？」

無意識に伸ばしていた手に重なる大きな手のひら。そっと包み込まれる。温もりが身に染みる。

瞳に涙を溜めるカミラの瞼に、ランベルトはそっとキスを落とした。


ネーフェ伯爵邸のゲストルームから月は見えなかった。ネグリジェに身を包んだカミラは、ベッド端に座るランベルトのもとへ歩く。

「本当に、わたしも殿下と同じお部屋で過ごさせていただいてよろしいのでしょうか」

ゲオルクに「ランベルトとカミラちゃんは同じ部屋ね」と言われてそのとおりにしたものの、城ではランベルトの寝室に立ち入ってはいけないことになっているから気が引ける。

このゲストルームは城にある彼の寝室ほどではないが広く、調度の類も一級品とわかるものばかりだ。だからなおさら「場違いなのでは」という思いが強くなる。

「いい。どうせ俺はおまえから離れない」

手を引かれ、腰を抱かれて彼のすぐそばに座る。

「昼間はゲオルクの前であんなふうに……すまなかった。あいつは身内みたいな——いや、それとはまた違うか。なんにせよ、気が緩んでいた」

見おろしてくるランベルトの青い瞳はどことなく憂いを帯びている。

「カミラが欲しくてたまらなかった」

熱情を孕んだ声がカミラの胸をぎゅっと掴む。

「悪かったと反省している。どうか機嫌を直してほしい」

彼がいつになくしゅんとしているものだから慌ててしまう。

「そんな、わたしは」

「……浮かない顔をしている」

「申し訳ございません、無用なご心配をおかけして……」

ただ、不安なだけ。どれだけ願ってもあっけなく消えていく虹を目の当たりにして、自分はいつまで彼のそばにいられるのだろうと勝手に不安がっているだけ。

いまのこの幸せを噛みしめられずに先のことばかり考えて、なんて強欲なのだろう。

——顔に出さないようにしなくちゃ！

「本当になんでもありませんから」

自分ではきちんと笑っているつもりだった。ところがランベルトの表情は依然として晴れない。

「ほら、また……そんな顔をして」

「ん……ふ、ぅ」

穏やかであたたかなキス。慰められている気持ちになる。贅沢だ。

後頭部にあてがわれている彼の手が小さく髪を撫でる。そうされると安心するのはなぜだろう。心地がよくて目を開けられない。

優しく唇を食まれる。なんとか食み返そうとするものの、結局はいつも彼のペースになる。しかしそれが、より強烈な心地よさをもたらす。そしていつも、唇を合わせれば合わせるほど甘くなる。

昼に庭でごちそうになったケーキやタルトよりも甘美な味わいが、全身に広がっていく。

ふだんは獰猛(どうもう)な彼の舌も、今夜はどうしてか落ち着いたようすでねっとりと口腔を這いまわっている。

——新月だから?

カミラは月の動向をいつも探っていた。今宵、天に月の姿はないはずだ。

「う……ん、ふっ……」

決して激しい動きではないのに、彼の舌にはやっぱり翻弄されてしまう。それは、気持ちのよいところを的確に舌でくすぐられるせい。上顎が弱いのだと、彼は知っている。

髪を弄ばれながらほかの箇所に触れられるのが好きなことも、熟知されている。

ランベルトはカミラの金髪を左手で指に絡め、もう片方の手では背や脇腹を何度も撫で上げた。

深いキスをされながらそうして体を撫でまわされると、どうしようもなく息遣いが荒くなってしまう。

緩慢な舌遣いだとしても、唇から漏れる吐息ごと呑み込まれるようだった。じわりじわりと官能を高められていく。

熱い手のひらが頬を撫で、鎖骨を辿って胸元を探る。

「あっ、ぁ……は……っ、ん」

ネグリジェの上から緩々と揉まれ、じれったくなる。そうとは悟られたくなくて声を抑えようとするものの、ふと彼を見上げれば面白そうに口角を上げていた。すべてお見通し、の顔だ。

「カミラ」

低い掠れ声とともに視界が揺らいで仰向けになる。カミラをベッドに押し倒したランベルトはふたたびキスを落とし、れろりと唇を舐めた。

どこか野性的な仕草にはいつもドキッとさせられる。それは心臓だけでなく、足の付け根の秘めやかな箇所も。

「うぅ」

頬を染め、眉根を寄せて呻くカミラの首を舌で辿り、ランベルトはキスを繰り返しながら膨らみに顔を埋めた。

「ん、ぅ……殿下？」

ふだんならもう、服をすべて脱がされているところだ。しかし彼にはその素振りがない。

ランベルトは「んん」と、こもった声で返事をするばかりでやはり、カミラの胸を露わにはしない。

大きな両手がネグリジェの生地ごと乳房を掴む。彼はほんの少し顔を上げると、大きく口を開けた。

「ひゃっ、あ……あっ」

膨らみの頂点を口に含まれたカミラは肩を揺らして悶える。まるで咀嚼するように、ランベルトは口をはむはむと動かしている。

「あぅ、あっ、はぅ……うっ、んぅ」

薄く軽い素材の白いネグリジェ越しに胸の頂を舌で舐(ねぶ)られる。ネグリジェの中に着ているシュミーズもかなり薄手なので、唾液で濡らされればほんのりと薄桃色が透けてくる。

淡い快感と焦燥感に苛まれるさなか、もう片方の胸の先端を指でぴんっと軽く弾かれた。

「ふ、ぁあっ!」

カミラが色好(いろよ)い反応を示すと、ランベルトは弾いた蕾を指先でぐりぐりと押し込んだ。服の内側で凝り固まっていた胸の蕾は彼の指に押されて悦ぶ。

——ネグリジェが……邪魔、だわ。

もういっそ自分からネグリジェの裾を捲って、乳房を明るみに出してしまおうか。

体はもうずっと前から「そうしなさい」と命令してくるものの、理性の残る頭が「そんな恥ずかしいこと」と待ったをかけていた。

「じれったいか？　直接が……いい？」

「……っ、はい」

ついふたつ返事をしてしまって恥ずかしくなるものの、背に腹は代えられない。

「じかに、触って……くださ……お、おねが……」

羞恥心でぐちゃぐちゃになった頭ではまともに言葉を紡げない。それでも彼には伝わったらしく、ランベルトはネグリジェの長い裾を中のシュミーズごと一気に引き上げた。

ふたつの膨らみがふるりと躍りでる。ランベルトは乳房の揺れが収まらないうちにふたたび口を開け、薄桃色に食らいついた。

「ひぁぁあっ！」

口腔の熱をじかに感じる。彼に包み込まれた胸の頂は、身じろぎひとつできずに食されるのを待っている。

肉厚な舌が薄桃色の棘を根元からてっぺんまで舐め上げたかと思えば、すぐにまた根元まで舐め下ろされた。

「ふっ、う……うぅ、ふぁっ」

じっくりと、溶かすように頂を舐め転がされる。舌で触れられているのは胸なのに、足の付け根のほうがどろどろに蕩けてくる。

舌で捕らえられていないほうの蕾は、指で丁寧に捏ねまわされていた。いっぽうで、彼の右手は耳たぶを弄ぶ。どうして彼は舌と指を同時に、別々に、休みなく動かせるのだろう。カミラもまた、あちらこちらで感じてしまって忙しない。

「はぁ、う……んん、う」

カミラが脚をばたつかせると、ドロワーズが衣擦れの音を奏でる。耳のよい彼はきっとこの音もしっかりと聞き取っている。だからあまり脚を動かさないでいようと思うのに、できない。耳をくすぐっていた彼の人差し指が、付かず離れずの加減で脇腹を伝って下りていく。

「やっ、くすぐった……ぁ、あっ……」

指が足の付け根に辿りつくと、依然として口に含まれていたほうの頂をじゅうっと吸い上げられた。もうひとつの蕾も指でつままれる。

「あぁああっ！」

カミラの体が跳ね上がっても、ランベルトは少しも動じずに薄桃色の棘を執拗に吸う。このまま食べられてしまうのではないかと滑稽な妄想をしてしまうほど勢いがあって、なにより気持ちよかった。

「あぅ、あっ……はぁ、あ」

快楽がすべてを占めていく。心も体も、ランベルトからもたらされる快感でいっぱいになる。

ドロワーズの濡れたクロッチに、指でくるくると円を描かれる。カミラはびくりと脚を上下させた。

「あ、う……殿下、ぁ……っ」

ドロワーズを濡らしている恥ずかしさと、それでも触ってもらいたい強欲さがせめぎあう。ランベルトもきっとそれをわかっている。わかった上で、クロッチの上から指で秘芯を辿る。

「ふぁあ、ぁっ……う、うぅ……」

陰唇に爪を立てられても、布越しなので歯がゆい刺激にしかならない。もっとそこに触ってほしい。ぐちゃぐちゃにしてもらいたい。気が緩めばそんなことを口走ってしまいそうだった。

何度も大きく息を吸い込んで理性的でいようとする。それに気がついているのか、ランベルトの舌や指の動きがさらに鈍くなった。

「あぁ……」

落胆の色を滲ませてカミラは声を上げる。

「ランベルト、殿下……お願い、です。わたし……わたし、もう」

羞恥で全身が熱くなったものの、希わずにはいられない。ランベルトはちゅぽっと水音を立てながら顔を上げた。

「ん……そうか。こっちも舐められたいのか」

「……えっ？」

そうではない。ドロワーズを脱がせて、秘めやかな箇所に触れてくれればそれでいい。しかしそうとは言えずカミラは「あ、あの、ええと」と言い淀む。

彼はカミラのドロワーズはそのままで両脚を押し開き、その中央に顔を寄せた。真剣な眼差しでドロワーズのクロッチを左右に開く。

「あ――っ」

羞恥心がどこまでも燃え上がる。秘めやかな陰唇を、見られている。

「美味そうな蜜がたくさん零れている」

それまで胸の蕾を味わっていた舌で自身の唇の端を舐め、彼は身を屈めた。

ランベルトは本気だ。本気で秘所を舐めるつもりでいるし、カミラもそれを望んでいると思っている。

いまさら「違う」とは言えなくなってしまった上に、少し期待もしてしまっている。そこを舌で舐められたらどうなってしまうのだろう、と。

「ヒクヒク動いてるな……」

「――っ！」

自分では確かめようのない箇所の状態を告げられ、さらに羞恥心を煽られる。

「かわいい花芽だ」

その言葉のあとすぐ、陰唇にくちづけられた。

「あぁあっ……！」

唇にするときと同じ、慈しむようなキスを何度も与えられる。快感と羞恥が一緒くたに襲ってきて、理性を崩壊させる。

「ふぁ、ああっ、あっ……気持ち、い……あぁ、殿下……あっ、あぅうっ」

「カミラはこっちのキスも好きだったのか」

からかうような口調ではなかった。ランベルトは大真面目な調子で言葉を紡いで、ふたたび陰唇にくちづけを施す。

ちゅっ、ちゅうっと音が響くほど吸われて。そのあとには柔らかな唇を押しつけられて。彼の両手に押さえられていても、両脚は快感を表してガクガクと上下していた。

「ひぁっ、あっ、はぁっ……あぁ、んっ……んんぅ……！」

唇を当てられるだけでも気持ちがいいのに、彼は舌まで使ってくる。すっかり膨らんだ珠玉を、ランベルトの舌がべろりと大胆になぞり上げた。

「あぁあっ――」

その瞬間、体から力が抜けた。ところがすぐにまた強張る。さらなる快楽を期待するように、手足が突っ張る。

自分の意思とは関係なく腰が左右に揺れる。そうすることで、強烈すぎる快楽を逃がしているのかもしれない。

揺れに合わせてランベルトは舌を走らせる。淫らな溝を舌で抉り、花芽の根元をねっとりと押す。

「ぁ、あふっ……う……んっ、ふ」

太ももにあてがわれていた両手が、気がつけば胸のほうへと這い上がってきていた。カミラが身悶えすることで揺れる薄桃色の先端に、指がぴたりとくっつく。

膨らんだままだった胸の蕾を指で左右に捻りまわされ、舌では花核も揺さぶられる。

指にしても舌にしても、彼はどうしてこんなに巧みなのだろう。

下腹部に熱が集約していく。熱くなったそこはさらなる蜜を生みだす。あまり零していては彼の唇を汚すだけになってしまうから嫌なのに、どれだけ力を込めてみても、溢れる感覚がずっとある。

じたばたしているあいだに、胸の上でくしゃくしゃになっていたネグリジェとシュミーズの裾が落ちてきた。それでもランベルトは乳房を掴んだまま、その先端を楽しそうに扱く。

ドロワーズにしてもまだきちんと着たままで、秘めやかな箇所だけを晒して、舐められている。裸でないのがかえって卑猥だと感じてしまうのは、おかしいのだろうか。

「……っ」

カミラは自らネグリジェの裾を掴んで引き上げようとしたものの、すんでのところで羞恥心に負け、手を動かせなくなった。

彼に見せつけるようにネグリジェの裾を捲るのかと、つい自問してしまった。

カミラが葛藤していることに、顔を伏せて花芽を舌で舐り続けるランベルトは気がつかない。

「——あっ」

彼の舌が蜜口へと滑る。次々と蜜をこぼす隘路の浅いところを、舌でぬちゅぬちゅと探られる。指や男根とは異なるそれは、荒ぶる野生動物のように蜜口を蹂躙(じゅうりん)する。

「ひぅっ、う……！」

本能に訴えかけられているような衝撃があった。身震いするのと同時に意識が浮遊しはじめる。身も心もふわふわと浮かんでいくようだった。

高いところへまっしぐらに昇りつめていく。

「あぁ、あぁあっ……！」

じっくりと、確実に快感を高められて恍惚の彼方へ連れていかれたカミラは「はぁ、はぁっ」と大きく息をしていた。

そのすぐ隣にランベルトは横向きに寝転がり、金の髪を撫でる。彼もカミラと同じように深呼吸をしていた。

なにを言うでもなく、ほほえんだまま彼はひたすら髪を梳いている。

絶頂の余韻が引くころ、カミラはランベルトの胸に手を添えて口を開く。

「わたしがヘルジアであること、そして虹色のファーベを纏うことができた偶然に感謝しております」

そのおかげで彼と出会えた。言葉で伝えずにはいられなかった。

「――偶然?」

ランベルトはどこか不敵にほほえむ。

「運命だろう。五年前に出会って以来――互いに小さな想いでも、惹かれ合ったからこそ俺たちはこうして結びついた」

彼の胸に添えていた手を取られ、指を絡められる。ぎゅっと握られれば、もうずっと解けない結び目のように思えてくる。勝手な考えだ。

「鎮め係はわたしが初めてだと以前、聞きました。それで、あの……それまではどのようになさっていたのですか?」

いまランベルトはそばにいてくれているのに、それだけでは飽き足らず彼の過去まで知りたがっている。

「自分で自分を慰めていた」

彼はさらりと告白したものの、尋ねたほうのカミラは瞬時に頬を赤くした。

彼がマユス・カフィに来たとき、絵姿を見て「自分で自分を慰めているのでは」と、からかわれた。しかし男性の場合はいったいどんなことをして「自身を慰める」のだろう。

「それは、どのように……」

「興味があるのか?」

カミラはこくりと頷く。ランベルトは、カミラと繋いでいないほうの手で顎を押さえて思案顔になる。

「……ただ抱き合って眠るだけの夜があってもいいと……考えていた」

いつも迷いのない目をしている彼が、珍しく視線をさまよわせている。

「今日は己の欲を抑えて、徹底的に尽くそうと――」

彼の表情が翳る。底抜けに美しい青い瞳が閉ざされてしまった。なにかに耐えるように彼は目を瞑り黙り込む。

「……ランベルト殿下？」

呼びかけると、彼はゆっくりと目を開けた。繋いだままだった手をゆっくりと下へ誘導される。カミラの視線もそちらに向かう。

ランベルトの下肢の付け根は隆起していた。彼と絡めていた指がそこに当たる。

「あ……硬い、です」

カミラが呟くと、ランベルトは小さく眉根を寄せた。

「……時間が経てばどうにかなると思ったんだが。自分でも呆れるほど、収まらない」

ばつが悪そうに苦笑している彼にカミラは言う。

「我慢、なさらないでください。鎮め係の立場が……その、なくなってしまいます」

恥ずかしいながらも主張すると、ランベルトは「それもそうか」と笑った。

「では、そうだな——男が自分のものを慰めるときの方法を教えようか。興味があるんだろう」

カミラが虫の鳴くような声で「はい」と返事をすると、ランベルトは下衣の前を寛げた。衣服で押さえつけられていた男根が光の下に晒される。

いきり立ったそれをまじまじと見つめる。先端が濡れているのはなぜだろう。カミラは手を伸ばし、先走りを指で掬った。

「ん、っ」

彼が呻いたことで我に返り、慌てて手を引っ込める。

「もっ、申し訳ございません！　わ、わたし、勝手に……そのっ」

まだなにも教えてもらっていないのに、先に手を出してしまうなんて——。

穴があったら入りたい気持ちで俯くものの、そうするともっと彼の雄物が目に入る。

「好きに触っていい、が……手のひらで……包んで上下されると、気持ちいい」

いつになくたどたどしい言い方が珍しくて顔を上げる。ランベルトの頬はかすかに上気していた。なんだかかわいい。

ふだんの余裕綽々なようすからはまったく想像できなかった。彼の新たな一面を知ることができて嬉しくなる。

「では、あの……失礼します」

を包む。

今度はきちんと断りを入れて、ふたたび右手を伸ばす。言われたとおりに、手のひらで陰茎

「……カミラの手は、柔らかいな」

いまにも眠りに落ちてしまいそうな、うっとりとした顔だった。こういう表情もまた初めて
見るものだから、胸の高鳴りがいっこうに収まらない。

手のひらで掴んだ男根の表皮は柔らかかったものの、そのすぐ内側はとても硬いのがわかる。

——ランベルト殿下の、この……大きなものがわたしの中に。

これまで過ごした数々の夜を思いだして、かあっと頬が火照る。

ランベルトは「うん？」と唸りながら首を傾げた。

「あ、いえ……なんでもないです。ええと……力は、どれくらい込めればよいのでしょうか」

あまり強く握っても痛いかもしれない。

「もっと力を込めていい。その……割合、頑丈だから」

彼は少し恥ずかしそうだった。じいっと見つめられる。

カミラは頷いて、右手に力を入れた。

「ん……いい。そのまま、上下に……」

彼の言葉に従って右手を上へ下へと動かす。

——これって、殿下がわたしの中にいるときと同じ動きだわ。

またしても、めくるめく夜が脳裏をよぎった。

「ふ……ぅ……っ」

男根を突き入れられているとき、彼がどんな表情をしているのか見ている余裕はない。だからいまはきっと、貴重なものを目にしている。

ランベルトは気持ちよさそうに薄く唇を開けて、荒く息をしている。たまらなくなって、かすかに赤くなっている頬にキスをする。

すると彼は驚いたのか、青い瞳を丸くしていた。そのあとで小さく笑う。

「小さな手で、必死になって……俺を慰めようとして」

「ふー……」と息をつき、ランベルトは言葉を足す。

「カミラにしてもらうのは格別だ」

艶を帯びた顔で、掠れ声でそう紡がれれば、一休みしていた性的な箇所がヒクヒクと疼きはじめる。

「……俺が悦くされてばかりでは不公平だよな」

カミラの燻(くすぶ)りを気取ったように、ランベルトもまた手を伸ばしてくる。

さっきだってじゅうぶん悦くしてもらった。しかしそうとは口に出せない。

――わたしもまた触ってもらいたいって思ってる。

だから、彼の申し出を断るような言葉は言えなかった。

彼の指が、ドロワーズのクロッチを避けて秘めやかな割れ目に到達する。指先がほんの少し触れただけでも、体はびくりと過剰に反応してしまう。

「カミラのここも……上下に擦られると、気持ちいい……か？」

ランベルトは指先で器用に花芽をつまみ、小さく上下させた。

「あぅっ、あっ……！　は、はい……。ん……あぁっ……。あの、殿下」

「ん……なんだ？」

「わたし……殿下のように、ふたつのことを同時には、できないのです」

「そうか」

「だ、だから……ぁ、あっ」

「できる範囲でかまわない。おまえの手が疎かになっても……いい」

「そんな……殿下、んっ……あ、あぁっ……！」

羽根でくすぐるような指遣いだった。軽やかなのに気持ちがよくて、そちらにばかり意識がいってしまいそうになる。

——だめ、わたしばかりでは。

ランベルトのことも気持ちよくしたい。いつもされてばかりだから、少しは同じものを返したい。

しかし雑にするのではきっといけない。丁寧に、彼のようすを見ながら、着実に——。

彼のものをもっとよく見ようとしていたのに、ネグリジェの上から膨らみを鷲掴みにされてしまったカミラはそれどころではなくなった。

「ひぁあっ！」

彼はカミラの反応を愉（たの）しむように微笑して目を細める。

「触れるなら同時でないと、な」

「う……ふ、うぅっ……あ、あっ」

ネグリジェのもっとも膨らんでいる頂点をカリカリと爪で引っかかれ、足の付け根は大きなスパンで擦り立てられる。

「ああ、すごいな……カミラの唇が、俺の指に吸いついてくる」

言葉を発する口には指を入れられていない。だからいま彼が言ったのは足の付け根にあるほう。彼の指がくっついたり離れたりするたびにぴちゃ、ぴちゃっと音を奏でているのが恥ずかしい。

「やあ、あっ……！」

離れないでと乞うように、もう片方の口がひっきりなしに水音を紡ぐ。彼の指が下へずれて、蜜口に沈んだ。

「指が……引っ張られる。カミラの内側に」

彼の指を引き込んでしまっている自覚はあったものの、自分ではどうすることもできない。

いつのまにか蜜を孕んだ指に、翻弄されるばかりになる。

「あ、うっ……はぁ、ん……っ」

ぬるりとした指先が快感を高め、カミラの手を小さく震えさせる。彼の男根は、もはや掴んでいるのがやっとの状態だった。

「ごめ、なさ……わたし、やっぱり……全然、できていません」

瞳に涙を浮かべて謝るカミラを、ランベルトは長い睫毛を伏せて見おろす。

「これはこれで、そそられるが」

彼は長くゆっくりと息をつき、カミラの頬を人差し指でつっつく。

「……入りたい。指ではなく、俺自身が」

こくこくと二度、首を縦に振る。そうしてしまったあとで、あまりに求めすぎではないかと少し後悔した。

しかしランベルトは心底、嬉しそうな顔でカミラの片脚を左手で持ち上げて身を起こす。

横向きに寝転んだまま右の脚を彼の体に添えるようにして、雄杭が打ち込まれるのを待つ。

右手にはまだ男根の感触が残っていた。硬く張り詰めたそれを待ち望んでいるせいか、あるいは慣れない体勢だからか、胸がドッドッドッと連続して鳴っている。

緊張するカミラの額にくちづけを落として、ランベルトは一物の尖端を蜜口に押し当てる。

「んっ……」

ぬちゅっと粘着質な音がした。硬いそれで内側が押し拓かれていく感覚は、どれだけ夜を重ねても慣れることなくいつも新鮮で、喜びに溢れている。

「あっ、あ……あぁ」

空洞が満たされていく。欲しかったものが嵌まり込む。手で触れて確かめたせいか、いつにもまして彼の雄物が愛しく感じられる。

獰猛で勢いのある彼の陰茎を根元までしっかり収めきると、達成感を覚える。彼のもので満たされて、幸せになる。

「ふぁ……」

カミラが満足げに息を吐きだすと、まだまだこれくらいで満足しては困るとでも言いたげに、彼は下腹部から揺さぶりをかけてくる。

ぐっ、と強く突き上げられたカミラは「ひぁあっ!」と甲高い嬌声を漏らした。

ランベルトは足でうまくベッドを蹴って、一定のリズムでカミラの隘路を擦る。

「あ、ぁっ……はぁっ、ん……んんぅっ」

ネグリジェの裾がふたたび引き上げられていく。

「裾が落ちないように、咥えられるか?」

「は、はい……っ」

カミラは必死になってネグリジェの裾を噛む。そのようすを彼は愉悦まじりの顔で見おろす。

ふたつの乳房は律動で上下にふるんふるんと揺れていた。

——これって、ものすごく卑猥なのでは……？

自ら裾を捲っているのと同じだ。彼に、見せつけている。気がついたところで彼に文句は言えない。口を開けたら裾が落ちてしまう。

嬉しそうに笑っているランベルトの顔をもっと見ていたいから、裾を咥えてひたすら快感に耐える。

「……っ、すまない。もういいから」

今度は申し訳なさそうな顔になって、ランベルトはカミラの口からそっと裾を引き抜く。

「ふ、ぅっ……？　よろしいのですか？」

「ん、いい……。ずっとそんなふうではつらいだろう。充分、堪能したから」

言いながら彼は胸の頂を指で押す。ネグリジェとシュミーズの裾は下がってしまったもののすべてではなく、ちょうど尖りの上で留まった。

「半分だけ見えているのも、悪くない」

指先でより強く薄桃色を押し込められる。

「んぁあっ、あぅっ……」

胸の頂を押されると、上下されている蜜壺のほうがじいんと熱くなる。快感はすべて下腹部に伝わって収斂（しゅうれん）していくようだった。

「おまえの乳首は、触れていて飽きない。硬さが変わるから――」

「そっ……ぅ、うっ……？」

自覚のないことを指摘されて困惑する。自分よりも彼のほうが遙かに長くその箇所に触れている。

「自分ではわからないのか。まあ、そうだよな。ためしにもう片方は自分で触ってみるか？」

カミラの蜜壺を楔で引っかきまわしながらランベルトは続けて言う。

「見たい。カミラが自分で弄っているところ」

「……っ！　わ、わたし……」

羞恥心はあるものの、彼の期待に応えたい気持ちのほうが勝る。カミラは小さく頷いて、そろりそろりと自分の胸に手を伸ばす。

彼が指でつまんでいないほうの頂を、そっと指で挟む。とたんに、いままでに感じたことない類の羞恥が込み上げてくる。

自分で自分の性的な箇所をつまんでいること、それをランベルトが熱心に見つめているのがいたたまれない。

「あ、ぁっ……恥ずかし、です……う、うぅ」

「……ああ。卑猥で、かわいい」

薄桃色はふたつとも、これまでにないくらい硬くなって、びんっと張り詰めている。ランベルトは大胆な動きで雄杭を前後させ、薄桃色の棘を押し、さらに花芽まで指で捏ねはじめた。

「そんな、同時に……ん、んぅっ、ふっ……！」

どこもかしこも気持ちがよくて、目がまわりそうだった。目の前がちかちかしてくる。ひっきりなしに揺さぶられて、視界が定まらないせいかもしれない。

「カミラ、手が止まっている」

優しい声音で指摘されたものの、王太子たる彼にはいつだって有無を言わせぬ気迫がある。かといって、無理強いされているのだとは少しも思わなかった。

自分の指でもそこを捻るほうが、もっと気持ちがよくなるのだと知っているから。彼はわかっていて指示するのだと、理解しているから。

「うっ……く、ぅ」

頬や耳に燃えるような熱を感じながらも、薄桃色をつまむ指に力を込める。自分の指が、自分のものではなくなってしまったように、ぴりりとした快感が迸る。

「……おまえは本当にいい子だな」

ランベルトは小刻みに奥を突き、律動を速めてカミラに追い打ちをかけていく。

「殿下……！　わたし、もう……ぅ、ふっ……ぅ、あぁあっ——！」

カミラの悲鳴に合わせるように、ランベルトは楔を引き抜いて吐精した。白い飛沫がカミラのドロワーズを濡らす。

いっぽうカミラは、ぼんやりとした頭で彼の顔を見つめた。力が入らない。汗をかいているランベルトの顔を、ひたすら眺めていた。

そのあいだに、彼にすべての衣服を剥ぎ取られて一糸まとわぬ姿になった。ランベルトもまた暑そうに寝衣を脱いで放る。

なにを言うでもなく抱きしめられる。胸に感じる彼の素肌は汗に濡れている。硬くがっしりとした肌と密着していると、触れ合っている箇所がどんどん熱くなっていった。

ランベルトはカミラの額に貼りついていた金髪をそっと手で掬って避け、顎を掴んで唇を重ねた。

「ん……」

甘やかなキスを繰り返される。唇が重なって、離れて、また重なって。しだいに深くなる。

彼の唇が首筋へずれて、肌を吸う。キスマークをつけられることに慣れてしまった自分が恥ずかしいのに、嬉しくて浮かれてしまう。

カミラはちらり、ちらりと彼の下半身を見やり、小さく息をつく。

唇を尖らせているつもりはなかった。人差し指で唇を押し込まれたことで初めて、尖らせていたのだと気がつく。

「どうした、不満そうな顔をして」

——いけない、また顔に出ていたのだわ。

カミラは「なんでもありませんよ?」と笑ってごまかそうとしたが、ランベルトは許してくれない。

「いいから、言ってみろ」

「はい、あの……わたしの手で、殿下が……絶頂をお迎えになるところを見てみたかった、と」

恥を忍んで吐露すれば、ランベルトは少し困ったようにほほえんだ。

「俺も初めはそうしてもらうつもりだったんだが……」

言葉を切り、ランベルトは切なげに眉根を寄せる。

「無理だ。手で扱かれているあいだに、どうしようもなくおまえの中に入りたくなるから」

太ももに硬いものが当たっている。下を見ずとも、彼のそれがどんな状態なのかよくわかる。

カミラが赤い顔でこくりと頷けば、ランベルトはふたたび熱情の塊を打ち込んでくる。

「ふっ――あ、ぁ……!」

彼の形を覚えた蜜壺はぐちゅぐちゅと悲鳴を上げて、壮烈な男根を悦んで咥え込む。

もうこれ以上は進めないというところまで収めきると、彼を全力で受け入れていることの幸福感が溢れてくる。

ランベルトはすぐには抽送しようとせず、行き止まりで男根をうねらせるだけだった。

「今夜は……新月、なのにな」

自嘲気味に言って彼は腰を揺する。新月は、満月のときと相反して昂ぶりがないとされている。

しかし彼は相変わらずだった。一度達しているにも拘わらず楔は体内で硬く張り詰めているし、まったく衰える気配がない。

むしろ一度目よりも猛っているようにすら思えてくる。

「カミラが……煽情的な、せいか」

「わ、わたし……?」

「そうだ。いまだって……瞳に涙の膜を張って、誘うような視線を寄越してくる」

「そ、そんなつもりは」

カミラが目を伏せると、ランベルトはすかさず「隠すな」と言った。

「見ていたいんだ、全部」

懇願するような視線を向けられれば、応えたくて仕方がなくなる。

カミラは唇を噛んで彼の瞳を見る。

――わたしだって、ランベルト殿下のすべてを見たいわ。

過去も未来もすべて見たいというのが本音だ。己の強欲さに辟易する。

「寄宿舎学校時代の……殿下とゲオルク様は、どのような感じだったのですか?」

いまする話ではないとわかっていながら、過去に固執してしまう。

「ん、なんだ……急に」

彼はなにを思ったのか、不機嫌そうな顔になる。

「まさかゲオルクに興味があるのか？」

それまで大人しい動きをしていたランベルトの楔が急に大きく動く。

「いっ、いいえ……！　その……興味があるのは、ランベルト殿下の……昔、です」

すると彼は薄く唇を開いて、楔の動きを穏やかにする。

「……そうか。昔の俺――といっても、いまとそう変わらない」

「そう……なの、ですか……。う、んっ……んん」

押し引きが始まる。こうして話をしながら緩々と内側を乱されるのは、たまらなく気持ちがよい。

「未知なることを記憶するのが、とにかく楽しかった」

ランベルトはカミラの一挙一動を注視しながらさらに語る。

「カミラは知れば知るほど、知らない部分が出てくるから……不思議だ」

「あっ……」

雄杭が入り口のほうまで遠のいてしまう。

「だがいつかすべて記憶する。俺だけが、おまえの未知なる部分を記憶するからな――」

勇猛に宣言してランベルトは隘路の入り口まで引いていた男根を大きく奥まで突き込ませた。

第四章　対価のない愛

ネーフェ伯爵領からファイネ城へ戻ってきた次の日。カミラはランベルトの執務室へ赴いた。

執務室にはランベルトのほかにヨナタンもいた。カミラがふたりに朝の挨拶すれば、ヨナタンはいつもどおり眉間に皺を刻んで「おはようございます」と返してくる。

「おはよう、カミラ」

いっぽうランベルトはというと、執務椅子から立ってカミラのもとへ歩いてくる。いったいどうしたのだろうと思って立ち尽くしていると、頬に右手をあてがわれた。

──わたしったら、顔が汚れていた？

うろたえていると、唇にちゅっとキスを落とされる。

「う、えっ⁉」

つい奇妙な声を出してしまう。驚いているのはカミラだけではない。視界の端に映っているヨナタンも、口をぽかんと開けて唖然(あぜん)としていた。

ランベルトはうっとりとした顔で「今日もかわいい」と褒めてくれる。

「ネーフェ領から帰ったばかりで疲れていないか？」

「もっ、問題ありません、すごく元気です！」

「それならいいが」

会話が途切れても、彼はカミラの頬を手放さない。それどころか、もっとくちづけたそうにカミラの唇を親指で辿っている。

「うぉっほん」

ヨナタンがわざとらしく咳払いした。カミラは目線でもって「わかっています」とヨナタンに主張する。

「わたしは元気ですから、今日もたくさん働かせていただければと思っています」

口早に言うと、ランベルトは「働き者だな」と破顔する。

ああ、笑顔がまぶしい。しかし、その向こうに見えるヨナタンは悪魔のような形相をしている。

「ではカミラさん、これをお願いします」

ふだんヨナタンは座ったままで、カミラに書類を取りにこさせるのだが、今日ばかりはわざわざカミラの机にどんっと紙束を置いた。

「急を要しますので」

ヨナタンにぎろりと睨まれたカミラは縮み上がりながら自分の机へ急ぐ。ランベルトは、早歩きするカミラをたっぷりと目で追ったあとで執務椅子に戻った。

カミラが書類の整理に励んでいると、執務室の扉がノックされ、見知らぬ顔の男性が姿を現した。

「ミュラー公爵の命で参りました。申し訳ございません、書類に不備がございましたので差し替えをいたします」

ランベルトは「ん?」と首を傾げたあとで、手元にあった書類をパラパラと一読した。

「これか」

「はい。一度お預かりして、また持ってまいります」

男性はランベルトから書類を受け取ると、深々と頭を下げて部屋を出ていった。

「……あれはミュラー公爵の側仕えですか。ずいぶんと慌てていましたね」

「ミュラー公爵とは、どういったお方なのですか?」

何気なく尋ねてしまったが、ヨナタンは嫌な顔をせず答えてくれる。

「財務や政務関係に責任を持つ大臣です。まあカミラさんが関わり合いになることはないでしょうね」

カミラは「そうですね」と返す。彼が棘のある一言を足すのはいつものことだ。もう慣れっこになった。

「本日、殿下はご昼食を他所でとられますので、カミラさんが昼食の準備をする必要はありません。ですからこの部屋で存分に書類の整理をお願いします」

ランベルトの予定を読み上げたヨナタンに向かってカミラは「うっ」と呻き声を上げそうになりながらもなんとかこらえて「わかりました」と返事をした。

「では少し出かけてくるから、留守を頼む」

「はい。行ってらっしゃいませ」

昼前になるとランベルトとヨナタンは執務室を出ていった。

「──カミラ様、少しご休憩なさってはいかがです？」

壁際に控えていたリリーが紅茶を淹れてくれる。カミラは礼を述べながらすぐに紅茶を飲んだ。黙々と書類に向き合っていたからか、ひどく喉が渇いていた。

「ヨナタンってほんっと嫌味ですよね。ちくちくちくちくと」

「そうですね。でもだいぶん慣れました」

「カミラ様はお心が広いです」

そこへ扉がノックされる。リリーは「どなたでしょう？」と首を傾げながら執務室の扉を開ける。

「ミュラー公爵ご令嬢イルザ様がカミラ様にお会いしたいとのことで、第一応接室でお待ちでございます」

顔見知りの侍女はそう告げると、会釈して去っていく。カミラとリリーは顔を見合わせる。

「どうしましょう⁉」とカミラが叫べば「ひとまず行きましょう！」とリリーが答える。

「そっ、そうですね。公爵家のご令嬢をお待たせするわけにはいきません」

カミラはリリーとともに執務室を出た。

ミュラー公爵といえば、先ほど話題に上った人物だ。その令嬢とだってもちろん面識はない。いったいどんな用向きだろう。不安しかない。

リリーの案内で第一応接室に入る。輝くような銀の髪に碧い瞳の女性が窓辺に佇んでいる。

「お待たせして申し訳ございません。カミラ・バルツァーと申します」

カミラが深々と頭を下げれば、イルザは「ごきげんよう」と言って優美にほほえみ、レディのお辞儀をした。

貴族令嬢とあまり接したことのないカミラでも、イルザが生粋の公爵令嬢だというのがよくわかった。あれほど深く膝を折ってもなお体勢を崩さずにお辞儀ができるのがまずすごいと感心する。彼女が着ているドレスは緻密な刺繍とレースに彩られており、豪奢だ。

「急にごめんなさいね。どうぞお座りになって」

カミラは言われるままソファに座る。リリーが二人分の紅茶を淹れてくれた。

「じつはわたくし、隣国でヘルジアだと認められたばかりなの。わたくしの母が隣国の王家筋なのだけれど、お城の舞踏会へ行ったときにたまたまそうだとわかって」

まるでお伽噺のようだと思いながらカミラは「そうなのですか」と相槌を打つ。同じヘルジアだということで、わざわざ会いにきてくれたのだろうか。

「けれど自分のファーべは見ることができないでしょう？　だからカミラさん、見てくださらないかしら」

「かしこまりました」

イルザの碧眼（へきがん）をじいっと見つめる。彼女の向こうに現れたファーべを見て、カミラは呼吸を忘れそうになった。

「いかがでした？　わたくしのファーべは」

イルザはどこか勝ち誇ったような顔でほほえんでいる。カミラは事実を口にする。

「虹色、です」

「ああ、やっぱり！　ランベルト殿下と同じ『虹色』だわ！」

イルザは胸の前に両手を組み合わせて顔を綻ばせる。大輪の花が咲いたような笑みだった。

「わたくしのファーべが殿下と同じだと証明してくださってありがとう、カミラさん」

その瞬間、心臓に杭を打たれたような気持ちになる。

「ど……どういたしまして」

なんとかほほえみを返しながらも、胸はズキズキと痛いくらいに鳴っていた。

——わたしと同じヘルジアで、殿下と同じ虹色のファーべ。それにすごく美人。

そして彼女は由緒正しきミュラー公爵令嬢。くわえてミュラー公爵はこのファイネ国の財政

と政務という中枢を担っている。それだけでなく彼女の母親は隣国の王家筋だと――。

三拍子揃うどころかそれ以上のものを兼ね備えるイルザを前にして、カミラは頭に岩を落とされた心地になった。そんな妄想をしたせいか、今度は頭までズキンズキンと痛む。

イルザほど王太子妃にふさわしい者はいないだろう。なにより鎮め係を兼任できる。そうなれば自分はあっという間にお払い箱だと、容易に想像できた。

そしてそれは現実のものになる。

「じつはわたくし、お父様からカミラさんに伝えてほしいと頼まれましたの」

「ミュラー公爵様からですか？　どのような……ご伝言でしょう」

本当は尋ねるのが怖かった。よい話ではないと、イルザの表情から直感する。彼女は形のよい眉を顰めて、申し訳なさそうな顔で口を開く。

「そろそろ身を固めなければならない殿下のためにも、カミラさんには鎮め係を降りてもらったほうがよいのでは、と」

それは、自分の存在がランベルトにとって邪魔にしかならないということ。

いましがた心の中をよぎった不安が、容易く肯定された。

ランベルトの周囲も確実にそう思うだろう。政治的に利用価値のないカミラはもう要らない、と。

カミラ自身は、マユス・カフィで働く両親のことを誇りに思っているし、好きだ。しかし貴族社会での評価は違うのだとわかっている。そしてランベルトは、その貴族社会の第一線にいる。

釣り合わないのだということを、いまになって痛感した。

「カミラさんのお気持ちはいかがかしら?」

イルザに声をかけられたカミラはとっさに「はいっ」と返事をしてしまう。

「よかった、了承してくださるのね。そのように父に申し伝えます。ありがとう、カミラさん」

「あ、あの――」

「それではごきげんよう」

イルザはカミラに口を開かせる暇を与えずサロンを出ていってしまう。カミラは呆然とその場に立ち尽くした。

「カミラ様……」

困惑しているようすのリリーに、カミラはなにも言えなかった。

夕方、部屋にヨナタンがやってきた。

「ミュラー公爵からお聞きしました。契約を解除なさりたいそうですね。さっそく手続きをいたしました。今夜が鎮め係として最後になりますのでそのおつもりで。よい決断をなさったと思いますよ」

ヨナタンもやはり「カミラは不要」と考えるのだとわかって、さらに気が沈む。

「カミラ様、よろしいのですか？」

リリーが気遣わしげに尋ねてくれたものの、ヨナタンはすでに手続きをしてしまったという。いまさら違うとは言えず、カミラは「はい」と答えるしかなかった。

あのとき、イルザを追いかけてでも訂正するべきだったのだと、後悔しても遅い。

ランベルトのためを思うなら、それが最善だとわかっている。いくつもの後ろ盾を持つイルザが、彼のそばにいるべき人間なのだと。

「この件について、殿下には事後報告いたします。明日、殿下はちょうど早朝から外遊へ出られ、半月ほど留守になさいます。したがってくれぐれも別れの挨拶などなさらないようにお願いしますね」

「そんな！」と叫んだのは、そばにいたリリーだ。ヨナタンはリリーをじろりと睨む。立場上、リリーはそれ以上なにも言えない。

「決意が鈍っては困ります。引き際は潔く、なにも語らずに去るのが美しいでしょう。それから鎮め係を降りて二ヶ月は、だれとも関係を持たれませんよう。子を孕んでいる可能性を考慮してのことです」

たとえ二ヶ月以上経ったとしてもランベルト以外のだれかと関係を持つなどありえないと思いながらカミラは唸るように「承知いたしました」と言った。

「ですが鎮め係を降りてから産んだ子は、どうなるのですか？　契約中に出産した場合はお城預かりとなるのでしたよね」

契約内容を思いだしながら尋ねた。

「そうですね。殿下と協議の上、決めることになるでしょう」

――彼との子どもが欲しい。

そしてできれば、その子どもを自分の手で育てたい。彼と一生を添い遂げることはできないのだから、子どもだけはだれにも盗られたくないなどと、子をだしに使って意固地なことを考えてしまう。

その日の夕食はなにを食べても美味しく感じられず、ランベルトが訪れる時間となる。

部屋にやってきた彼は、いつもどおりソファに腰をおろした。カミラはグラスにワインを注いで手渡す。ランベルトはグラスのワインを呷ったあとで言う。

「明日は朝から隣国へ外遊に出る。半月ほどだ。ネーフェ領から戻ってまだ間もないのにまた馬車旅というのもおまえに負担をかけるかもしれないから、誘うのはどうかとも思ったが――カミラも一緒に来るか？」

今夜で鎮め係の契約は解除となる。彼となんの関わりもなくなってしまうのに、外遊へついていくなど許されるはずがない。

「大切な外交にわたしなどがお邪魔するわけにはまいりません」

「邪魔になどならないが」

「いいえ。わたしには政治的な知識もございませんし、お邪魔になるだけです。外遊へはどうぞお気をつけてご出立くださいませ」

カミラがきっぱりそう言うと、ランベルトは表情を曇らせた。

「半月、だぞ」

「満月はちょうど半月後ですので、外遊のあいだは問題ございませんよね」

「……今日はやけにはっきりとものを言うんだな」

「そ——そうでしょうか。申し訳ございません」

「責めているわけじゃない。言いたいことは、はっきり言っていいんだ」

彼はグラスをローテーブルの上に置くと、カミラの金髪を手繰り寄せた。

「ひとつ提案なんだが。俺がここまで通ってくるのは効率が悪い。もういっそ俺の部屋か、もしくは俺の隣室で過ごしたらどうだ」

「それは……契約違反になってしまいますので」

あと数時間で無効になってしまう契約を引き合いに出すのもどうかと思いながらカミラは言った。

「契約ではなく、おまえの意思を聞きたい」

ランベルトの寝室やその隣の部屋など、畏れ多い。

──それは、王太子妃にしか許されない場所。わたしは鎮め係であり、ましてこの城を去る身なのだから。

本音を言ってしまいたかった。しかしヨナタンとの約束があるし、ランベルトのためを思うならばという考えには共感している。

──どうしよう、どう言えば？

この期に及んで嘘はつきたくない。かといって本心も曝けだせない。八方塞がりの状況が涙腺を緩ませる。

カミラの瞳は涙のヴェールに覆われる。

「……悪い、困らせたな」

ランベルトはカミラの目尻を指でそっと辿る。

「はじめに契約で縛ったのは……俺だ」

──縛られていると思ったことなんて一度もない。

それくらいは口にしてもいいのだろうか。しかしヨナタンの言葉がずっと頭の中にこだましていた。

──引き際は潔く、なにも語らずに去るのが美しい。

堅牢な錠前のように、ヨナタンの一言がカミラを臆病にして、閉口させる。

カミラは涙が零れそうになるのを必死にこらえる。もう最後の夜なのだ、笑顔でいなければ。

ところがうまく笑うことができなかった。

──殿下になにも言えないのなら。

態度で示せばよい。カミラはこっそりと深呼吸をして、自らナイトドレスに両手を伸ばし、胸のリボンを解いた。

そこを解けば、ナイトドレスは全体が緩んで脱ぎやすくなる。緊張と羞恥で指先が震えた。こうして自分から脱ぐのは、見せつけているようで恥ずかしいと思っていた。いまだってそうだ。

それでもカミラは身につけていたものをすべて脱ぎ、生まれたままの姿になる。

ちらりと彼を見上げれば、ひどく驚いた顔をしていた。

「はしたない、でしょうか……？」

震え声で尋ねた。

「いや……きれいだ。日増しに艶を帯びていく」

彼の人差し指が伸びてくる。剥きだしになった箇所を上から順に辿られていく。肩、鎖骨、膨らみの稜線。そして、胸の頂。

「ん、っ……」

薄桃色の部分は軽く触れられるだけだった。長い指はそこを素通りして、腹部を伝って恥丘まで下りる。和毛を弄ばれたカミラは「んん」と小さく喘いで体をくねらせた。

「だが……どうした？　ふだんのおまえと少し違う」

――今日が最後だから。明日にはこの城を去るのだから。わたしのことを忘れないでほしい。こうして己のすべてを見てもらうことで、頭の片隅にでもずっと残してもらえたらと、考えているのだ。なんて浅はかで卑しいのだろう。

「見て……もらいたいのです。殿下に……わたしの、全部を」

目頭が熱くなり、鼻の奥が疼く。涙を打ち消すべく、カミラは何度も瞬きをした。

「そんなふうに言われたら、本当にじろじろ見るぞ？」

まっすぐに伸びてきた彼の両手が乳房を掴む。ランベルトはカミラの顔を見据えたまま胸の頂を指のあいだに挟んで揺さぶった。

「ぁ、んっ……あ、あぁっ……」

顔ばかり見られているのがかえって恥ずかしい。かといって胸の尖りを凝視されるのも同じだろう。どこを見られていても、彼の視線にはいつも羞恥心を掻き立てられる。

「ひぁっ、う……！」

薄桃色の蕾をきゅっと強く引っ張り上げられた。それでも彼はカミラの顔から目を逸らさない。

「ど……して、顔ばっかり……ご覧になるのですか？」

「ん――上から順に見ていこうと思っているだけだ。顔はもう見られたくないか？　それなら次はここだ」

ランベルトは身を屈めて、カミラの胸元に顔を寄せる。

「あっ……」

頂を舐められるのかと思ったが、そうではない。彼は真剣な面持ちで薄桃色を見つめる。じろじろと見られることの覚悟が甘かったと、カミラは少し後悔した。

「間近で見ても本当に鮮やかだな、カミラのここは……」

感心するような調子で言葉を紡ぐと、彼は薄桃色の根元を指でこちょこちょとくすぐった。

「ふぁ、あっ」

「ああ、もっと勃った。見た目どおり硬いな」

「や、あぁっ……！」

体の状態を説明されると、全身を逆撫(さかな)でされているような心地になる。羞恥と快感で、下腹部が異様なまでに熱を孕む。

いまは裸でソファに座っているから、このままではあと数分も経たないうちにソファを汚すことになってしまう。

ふと、彼の下半身が張り詰めているのに気がつく。苦しそうに隆起している。

カミラはそっと触れて、撫で摩った。愛しくてたまらない。

「……こら。まだおまえを観察中だ」

「ですが……あの、殿下……苦しそう、です」

下衣の紐を解いて、下穿きごと引き下ろす。雄の象徴がぶるんっと勢いよく明るみに出る。猛り狂った一物をじいっと見つめる。

「どこで覚えてきたんだ？」

顎を掬われて上を向かされた。彼の頬はほのかに赤い。

「ランベルト殿下です。殿下にしか……教わっていません」

これまでも、そしてこの先も。彼以外とこういうことをする未来なんて、考えられないのに。もう、そばにはいられない。

悲壮な考えに流されそうになるのを、カミラは深呼吸することで意識の片隅に追いやろうとする。

ランベルトはどこか神妙な面持ちでカミラのようすを窺っていた。

「……俺の膝に」

「はい。あの……今夜はわたしが、殿下を悦ばせたい、です」

宣言したものの、緊張のあまり両手に汗が滲んでいた。繋がりあうときはいつだって彼がリードしてくれていた。

──でも今夜は、わたしが……したい。

受け入れるばかりではなく、こちらにも確固たる意思があって繋がっているのだと、知ってもらいたかった。

彼の雄杭を身の内に収めるべく、彼の太ももに跨がる。

──こうすればきっと、できるはず。

カミラは両足に力を入れて自分の体を浮かせたあと、直立している雄杭の根元に手を添えてゆっくりと腰を下ろす。

「う、んっ……く、ぅ……」

彼にされるのと、自分でするのとではこんなにも違うものなのかと驚いた。ランベルトはいつも自然に楔を打ち込んでくれるのに、同じようにはできなくてまごつく。

どこをどうすればよいのか、頭ではわかっているはずなのに、思うようにできない。

「……必死だな?」

ランベルトがくすっと笑う。

「手伝おうか」

彼が腰に手を添えてくれる。ここで意固地になっても仕方がないので、カミラは素直に「お願いします」と言った。

彼の手に誘導されはじめると急に、楔は水を得た魚のように生き生きと狭道へ潜り込む。

「あ、んっ……ぁ、あっ……！」

ようやくすべてを収めることができる。カミラは悦びに全身を震わせた。

「やっと、全部……」と、つい本音を漏らしてしまう。

「ああ。頑張ったな、カミラ」

よしよしと頭を撫でられれば、無性に彼に抱きつきたくなった。カミラはランベルトの背に手をまわし、肩に顔を埋めて頬ずりをする。できるだけ多く接触することで、彼の存在を感じて、心に刻んでおきたかった。

隘路をあますところなくいっぱいに満ちている楔がビクンと一回だけ脈動する。ランベルトはカミラの耳朶をちろちろと舐める。

熱い息が耳を掠め、くすぐったさと快感に襲われる。下腹部に熱溜まりが生まれて、甘い享楽に包まれる。

まどろみそうになるものの、背をすうっと撫で上げられたことでカミラは気がつく。

――そうだわ、動かなくちゃ。

このままじっとしていては彼を悦ばせることができない。

カミラは顔を上げて体勢を整える。これまでに――何度も重ねてきた夜に――彼がどのようにしていたのかを思いだして、懸命に腰を上下させる。

「ん、んっ……う……？」

なにか違う。ランベルトがしてくれるのよりも遙かにぎこちない自覚があった。うまくリズムを刻めない。

いっぽうランベルトは、口元に手を当ててカミラを眺めていた。そのあとで、自ら動くカミラの胸の前に人差し指だけを差しだす。

彼の指はそこで止まったまま。カミラが動くことで、胸の蕾が擦れる。胸の先端を自ら彼の指に擦りつけているような状態だ。

「ふぁあ、あっ……あぅっ……」

彼の指先が胸の頂を擦るのが気持ちよくて嬌声が零れる。

——けれど、わたしばっかり悦くなっているんじゃ……。

彼はずっと涼しい顔でほほえんでいる。気持ちよくなっているようには見えなかった。

「うまく、できて……いませんか？　わ、わたし——」

「うまくはないが、至上の幸福を感じている」

——わたしだって、幸せ。

しかし彼に快感を与えることは、できていない。ランベルトが「もう手放せない」と思ってくれるくらいの快楽を、捧げたいのに。

これきりなのにと、もう何度目かわからない悲壮感が頭を擡げてくる。

「なぜそんなに泣きそうな顔をする？　うまくないと言ったのがこたえたか」

ランベルトは「すまない」と言葉を足してカミラの頭を撫でる。カミラはぶんぶんと首を横に振った。

「わたしが、下手なのが……いけない、のです」

「頑張っているじゃないか。そのうち上手になるだろう」

そのうち——という言葉を、いまほど残酷に感じたことはなかった。

「わたしに、子種を……ください。ランベルト殿下の、御子(おこ)が……欲しい」

なんて発言をしているのだろう。だがカミラには背水の陣だ。後にも先にも、いましかチャンスはない。

「俺が外遊へ出る前だから、寂しいのか？」

「……はい。寂しい、です」

「だったら俺から離れずについてくればよいものを」

カミラは先ほどよりももっと強く首を横に振る。ランベルトは小難しい顔になった。彼を困らせてしまっている。

「……わかった。おまえの望みどおりに」

ガクンッと大きく視界が揺らぐ。

「ひぁっ⁉」

ランベルトはソファに座った状態だというのに、下から凄まじいまでの猛攻をかけてくる。

ぬるま湯のような快感はあっという間に沸騰し、一瞬で高みの近くまで引き上げられる。

「ぁん、あっ、あふっ……うぅ、あぁあっ！」

息つく暇もないくらい執拗に突き上げられ、媚壁はぐちゅぐちゅと卑猥な悲鳴を上げる。

彼が片方の乳房だけを手で押さえるので、もう片方はランベルトの眼前で不規則に上下していた。

「いい眺めだ」

恍惚を帯びた声で呟き、彼はなおも剛直でもってカミラの蜜壺を責め立てる。同時に、掴まれていたほうの乳房の先端を擦り立てられた。

もうすっかり彼が主導権を握っている。そうして手綱を握られるのが好きか嫌いかといえば、とてつもなく好きなのだが、自分の不甲斐(ふがい)なさに泣けてくる。

「ふっ、あ……ぁ、あぅっ」

彼はやっとふたつとも胸の蕾をつまんで、くにくにと捻りまわしてくれる。カミラは「ひぁあっ」と高い声で啼(な)いて身をくねらせた。

「ん――カミラ……っ」

しだいにランベルトも余裕のない表情になってくる。

「もっと……殿下……ぁっ……わたしの、名前を」

心のままにねだれば、彼は優しくも切羽詰まった声で「カミラ」と名を口にする。抽送がスピードに乗って、隘路の深いところを連続して突き上げる。

「ぁ、あっ……ふぁあ、あっ……わたし、ぅっ……ああ、んんっ……！」

すべての熱が、彼を受け入れている部分に集約して大きく爆ぜる。

——脈打ってる……わたしも、殿下も。

初めて、彼の精を体の中で受け止めた。天のその先へ昇りつめたような気持ちになり、頭の中で福音が轟く。

カミラは力をなくして、ランベルトにもたれかかった。呼吸はいっこうに整わない。体はまだ燻っている。

「……まだ、欲しいか？」

傲慢な口調でも、声音は艶やかで優しい。吐息と一緒に耳に届いた言葉にカミラは「はい」と答えて頷く。

「さすがだ。体力には自信があると、ネーフェ領で言っていたもんな」

両頬を掴まれ、視線を固定された。

「だが俺もだ」

彼がにいっと笑う。いたずらっぽいこの笑顔も、もう見ることはできない。目に焼きつけなければ——。

彼のファーベが見えるくらいずっと視線を合わせていた。ランベルトはカミラを横向きに抱え上げてベッドに運び、寝衣を脱いだ。彼が膝をつけば、ベッドは重みでずしりと沈み込む。

男根は依然として血気盛んに天を向いている。

カミラは足を左右に広げて雄を欲しがる。足先は小さく震えていた。恥ずかしさに負けて足を閉じそうになるのを、なんとかして奮い立たせてこらえる。

開け広げになっているカミラの秘所を、ランベルトはしげしげと見た。カミラの心中を探っているようだった。

「今日は……たくさんねだるんだな」

「お嫌、でしたか……?」

「まさか。おまえに誘われて、嫌だと思うわけがない」

唸るように声を発しながら、ランベルトは雄杭を蜜路へ突き入れる。

「あぁあっ……!」

今宵二度目だとしても、彼のそれは硬さも勢いもまったく衰えない。それどころか、もっと張り詰めているような気さえする。

楔が隘路を進むにつれて快い圧迫感に襲われる。蜜壺は蠕動しながら熱い楔を呑み込んでいく。

もともと乱れていた呼吸はさらに荒くなり、全身に汗が滲みはじめる。

「粒が……震えている」

彼の視線は足の付け根に注がれていた。

「ランベルト殿下が……わたしの中に、いっぱい……だから」

彼の存在を感じすぎてしまって、そこが震えているのだと思う。ランベルトは嬉しそうに相好を崩し、指先で秘玉を突く。

「はぅっ……ん」

感じすぎている上に指でも刺激されては、それだけで絶頂まで昇りつめてしまいそうだった。ランベルトはきっとそうだとわかっていて、律動で揺れる乳房の先端を指でつまみ上げて快感を煽る。

享楽の渦に呑み込まれそうになりながらカミラは目を凝らす。

汗に濡れた額。悩ましげに寄せられた眉根。薄く開かれた唇。すべて愛しくて、大好きで、切なくなる。愛していると叫んでしまいたい――。

とうとう涙が溢れて、外へと零れ落ちる。

「……カミラ?」

ランベルトは心配そうに表情を曇らせた。

「嬉しくて……出るのです、涙が」

彼は身を屈めると、零れた涙をちゅっと吸い取った。

前後する楔の動きが速度を増す。隘路を隈なく蹂躙して行き止まりを穿つ。

「あぁっ、あっ……ん、あぁあっ……！」

心地よい大波にすべてが攫われて、快感と幸福が際限なく広がり、彼の精が満ちていく。

――わたしのすべては、ランベルト殿下のもの。だから、いまだけ……どうかわたしだけの殿下になってほしい。

彼を独り占めしている喜びを噛みしめ、カミラはランベルトの背に腕をまわした。


翌朝、彼がそっとベッドを抜けだす気配がした。

――殿下は、わたしを起こさないように出ていくのがお上手。

だからふだんならまったく気づかないのだが、今日ばかりは瞬時に目が覚めた。

扉が閉まるかすかな音がした。カミラはのそりと起き上がり、ナイトドレスを羽織って窓辺に立つ。

しばらくすると城門から数台の馬車が出ていった。カミラは胸の前で両手を組み合わせて旅の無事を祈る。その頬を、一筋の涙が伝った。

＊＊＊

隣国での外遊を終えたランベルト・ファイネは馬車に揺られながら足を組み、座席の肘掛けを人差し指でトントントントンと叩いていた。

カミラの待つ城へ早く帰りたいというのに、馬車はなぜこれほどまでに遅いのだろう。ヨナタンに言われて馬車を使うことにしたが、やはり自ら馬に乗るべきだったと後悔した。

「カミラからは本当になんの連絡もなかったんだな?」

向かいに座っているヨナタンに再度確認する。

「はい。一切ございません」

ランベルトは息をつきながら肩を落とした。

じつは外遊先からカミラへ宛てて何度も手紙を出したのだが、まったく返事を貰えなかった。機嫌を損ねてしまったのか、あるいはカミラの身になにかあったのだろうかと思って調べるようヨナタンに命じた。ところがヨナタンは「元気にお過ごしとの報告を受けました」と言う。

――俺の鎮め役が嫌になったわけでは、なさそうだったが……。

半月前のことでも、カミラの姿はまざまざと頭に浮かぶ。よく実った乳房を惜しみなく揺らして、自ら積極的に腰を上下させるカミラはひどく煽情的だった。涙に濡れた顔を思い起こすだけで下半身が疼く。

しかしあれは本当に嬉し涙だったのだろうか。どこか悲観しているように見えた。まるで

「もうこれきり」と訴えるような涙だった。

ぞくりと悪寒を覚える。カミラと再会することを励みにこの半月を過ごした。彼女がいない毎日など、いまとなってはもう考えられない。

城に着き、馬車を降りるなりランベルトはエントランスには入らずテラス扉から廊下へ出てカミラの部屋へ直行した。

――おかしい。彼女の匂いが薄い。

それに、この城のどこにもカミラの気配を感じない。ランベルトは肌が粟立つのを感じながら歩調を早めた。

カミラの部屋の扉は開け放たれていた。なかば走り込むようにして部屋に足を踏み入れる。

「――っ、殿下」

部屋にいたのは侍女のリリーだった。箒を持っている。カミラの姿はない。あるのは残り香だけ――。

「カミラは？」

「鎮め係の任を降り、ご実家へ戻られました。いまもこの部屋のお掃除だけはさせていただいております。ここを出ていかれたときのカミラ様の悲しそうなお顔を、半月が経ったいまでも昨日のように思いだします。カミラ様がお城を去ったことはヨナタンも知っています。ヨナタンから、なんの報告もございませんでしたか？」

リリーはまるで怒りをこらえるように、箒の柄をぎゅっと握って唇を引き結んでいる。なぜカミラを鎮め役から降ろしたのだと、責めるような目つきだ。従順な侍女だと思っていたが、なかなかだ。それほどカミラに対して忠誠心を持っているのだろう。

ランベルトは拳を強く握りしめて言う。

「カミラが城に戻った暁（あかつき）には、ふたたびおまえが世話役をするように」

とたんにぱっと表情を明るくして、リリーは「かしこまりました」と答えた。

――忠誠心、か。

踵（きびす）を返して執務室へ急ぐ。ヨナタンは執務室で待機している。気配と匂いでそうだとわかる。

ランベルトは勢いよく執務室の扉を開けた。椅子に座っていたヨナタンだが、こちらを見るなり立ち上がった。

「おまえ――カミラへの手紙を城宛てに出しても届かぬと知っていたな？　カミラはとうに城を去っているのだから当然だ。なぜ俺になんの相談もなしに勝手なことをした」

「ひっ――⁉」

それほど威圧的な態度を取ったつもりはなかった。大声で怒鳴りつけたいのを我慢したほどだ。それでもヨナタンは恐ろしかったらしく、床に尻餅をついて後ずさる。

ふと窓ガラスを見れば、いまにも目の前の男を手にかけてしまいそうな顔の自分が映っていた。無意識のうちに右手が剣の柄を掴んでいる。

──いけない、落ち着かなくては。

剣から手を下ろし、深呼吸する。

「言いわけがあるなら聞こうか」

「ミ、ミュラー公爵が……っ、殿下の御身を考えてのことだと」

「おまえは主よりもミュラー公爵の言葉を重んじるのか。忠誠心の欠片も感じられないな」

剣から手をおろしたはいいが、今度はその手でヨナタンの胸ぐらを掴んでしまっていた。無理やり立たされたヨナタンの顔はますます青くなる。

ランベルトはギリッと奥歯を噛みしめてヨナタンを突き放す。

「おまえは、俺が政略結婚に頼らなければならないほど脆弱な立場にあると言いたいのか」

ヨナタンはぶんぶんと首を横に振る。

「だがそういうことだろう」

「めっ、滅相もないことでございます」

「ならば俺がだれを妻にしようと関係ない。そうだな?」

今度は打って変わってこくこくと何度も頷いている。この男がこれほどうろたえているのを初めて見た。滑稽だ。

「俺が望むのはカミラだけだ」

鎮め役の契約は近いうちに解消しようと思っていた。もっとも、そう決めたのはこの城へ戻た。

る馬車の中なのでついさっきだ。　彼女の意思を確かめた上で、妻に迎えようという心づもりだった。

大臣どもが持ってくる縁談はどれもこれも胡散臭い。断っても断っても無限のごとく湧いてくるから放置していたが、こうなればすぐにでも決着をつけるべきだ。

父である国王には、結婚に関しては「好きにしろ」と言われている。

「近日中にカミラを正式な婚約者に迎える。いま寄せられている縁談はすべて断るように。以後も一切取り合わない」

ランベルトは隣室へ行き外套を羽織り、口元を布で隠して廊下へ出た。

「あの、どちらへ……?」

真に主を思うのなら容易に想像がつきそうなものを。

「やはりおまえには忠誠心が足りない」と吐き捨てて、ランベルトは歩きだす。

城のエントランスへ繋がる階段を下りると、嗄れた声に「殿下」と呼び止められた。

「ご機嫌麗しゅう。お出迎えをと思っておりましたが、すでに城内にいらっしゃいましたか」

「……ミュラー公爵。悪いが急いでいる」

「私とのお約束のためにお急ぎでございましたか?」

そう言われて気がついたが、外遊から戻ればミュラー公爵と面会する約束をしていたのだった。

――まったく、こんなときに！

だが約束は約束だ。違えるわけにはいかない。

「外遊から戻られたばかりで申し訳ございませんが、どうぞこちらへ。応接室を調えてお待ちしておりますゆえ」

「旅の疲れを気遣ってくれるというのなら、面会を延期して自由にさせてもらいたいものだが？」

「そう長くお時間はいただきませんので。それに応接室には殿下の癒やしとなるものを取りそろえておりますので、ごゆっくりとお寛ぎいただけますよ」

――自分の城でもないのによくぬけぬけとそんなことが言える。

腹立たしさを感じながらランベルトはミュラー公爵とともに廊下を歩く。

「ところでミュラー公爵。カミラを城から追い出したのはいったいどういう了見だ」

「追い出した？　はて、なんのことでございましょうか。カミラ殿は自ら城を去ったと聞いております」

――白を切る気か。

予想していたとおりではあるが、悪びれもしない公爵を見て怒りを覚えた。

そうこうしているあいだに応接室へと着く。応接室のテーブルにはケーキスタンドが置かれ、壁には過剰な人数の侍女が控えていた。

そしてもうひとり。ミュラー公爵の娘イルザだ。イルザは満面の笑みで「ご機嫌麗しゅう、殿下。このたびは――」と、社交辞令的なつまらない挨拶をした。

侍女たちが紅茶を淹れようとするので「すぐに出ていくから茶の給仕は不要だ」と告げると、イルザは慌てたようすで「まぁ！　そうおっしゃらずに、どうかごゆっくりなさってくださいませ」と言った。

ランベルトはイルザにかまわずミュラー公爵に問う。

「用件は？」

「イルザのファーベをご覧いただきたいのです」

――ファーベを見てなんになる。

そう思いながらもイルザの瞳を見遣る。

「……虹色だな」

とたんにイルザは両手を胸にあてがって近づいてきた。

「そうでございます、殿下！　どうぞわたくしを殿下のおそばにおいてくださいませ」

「なぜだ？」

「え……？」

イルザは笑顔を引きつらせて立ち尽くす。次に口を開いたのはミュラー公爵だ。

「我が娘は殿下と同じ虹色のファーベなのですよ。そしてヘルジアでもある。そんなイルザを妻としてお迎えになれば確固たる政治地盤を築ける上に閨でも至上のひとときを味わえるでしょう」

ミュラー公爵の「閨」という言葉に、イルザは頬を染めた。瞬時に嫌悪感が駆け巡る。

ランベルトはミュラー公爵を見据える。

「では貴殿は、政略結婚をしなければ私は確固たる政治地盤を築けない、と。イルザ嬢との結婚が条件でなければ私に政治的な協力はしないと、公爵はそう言いたいのか？」

「い、いいえ、まさかそのようなこと。……ですが、イルザを妃に据えていただくほうがなにかとうまく事が運ぶと申し上げたいのでございます。カミラ殿では家格としても殿下と釣り合いが取れないでしょう」

ミュラー公爵は顎を摩りながら下卑た笑みを浮かべている。

ランベルトは憤りを込めて公爵を睨みつけた。

「王太子は家格の釣り合いが取れる妃を娶れ、という法はない。結婚に関しては私の意思を尊重するという国王の言葉もある。したがって私はカミラ以外を妻に迎えるつもりはない。ゆえに鎮め係も一切不要。カミラは私のすべてを満たしてくれる。身も心もだ」

一息に言えば、ミュラー公爵とイルザは言葉もなくぽかんと口を開けた。

応接室はしんと静まり返っていた。

「話はそれだけか？」とランベルトが問えば、公爵はもとから皺のある顔をいっそうくしゃくしゃに歪(ゆが)ませて「はい」と答えた。

ふたりは親子揃って同じような、悔しさの滲んだ顔をしている。彼らの思惑で勝手にカミラを遠ざけられたことに依然として怒りは感じるものの、これ以上言及するのは得策ではない。それよりも、やっと煩わしさから解放されたのだ。一刻も早くカミラのもとへ行きたい。

裏門から城の外へ出ると、数名の護衛が物言わずについてきた。

マユス・カフィへと直行する。店には客の姿があったものの、カミラはいなかった。彼女の両親は、もう二度目の来訪だからかすぐこちらに気がついた。

「殿下、ご足労くださりありがとうございます。あの、ですがカミラはいまお使いに行っておりまして……」と、恐縮しきったようすでカミラの母親が言った。次いで父親が「申し訳ございません」と謝る。

「私はカミラを妻にと考えている。了承いただけるだろうか」

いくらなんでも単刀直入すぎる。わかっているのに、気が逸(はや)って発言してしまった。

「ありがたいお言葉ですが、殿下。私どもは準男爵家でございます。王太子殿下のお妃様にはふさわしくないと、カミラも考えております」

――ああ、そうか。

単純なことだというのに、失念していた。カミラがどの家の者かなど、彼女自身に夢中になりすぎていたせいか、まったく気にしていなかった。

――ついさっきだって、ミュラー公爵に似たようなことを言われたのに。

己の馬鹿さ加減に呆れる。カミラを鎮め役に据えて満足していた少し前の自分を殴ってやりたい。もっと早く彼女への愛を自覚して想いを伝え、手を打つべきだったのだ。

だが後悔していても始まらない。ランベルトは大きく息を吸う。

「爵位を度外視しても私はカミラを愛している。だから妻に迎えたい。ずっとそばに、いてもらいたい」

無鉄砲な子どものような言い分だ。呆れられてもおかしくない。それでも、まっすぐに伝えることしかできなかった。

カミラの父親はきょとんとしていたが、しだいに顔を綻ばせた。

「ありがとうございます、殿下。娘をどうぞよろしくお願いいたします」

父親が言うなりカミラの母親は涙ぐんで頷き「カミラを探してまいりましょうか」と申し出た。

「いや、それには及ばない。使いに出たというが、どのあたりだろうか」

「いまごろは、南から大通りに繋がる一本道を歩いて戻ってきているころかと存じます」

「わかった。多忙な時間に突然すまなかった、失礼する」

カミラの両親が低頭するのを横目で見ながら店を出る。彼女の匂いはよく覚えているから、ある程度近づけば辿ることができる。

だがカミラを対価で縛ってきた自分に、求婚する権利などあるのか。もっとも、彼女の父親にはもう言ってしまったが。

対価のない愛に応えてもらうにはどうすればいいのか。

ほかの男に簡単に触らせないため、わざわざコルセットを送りつけて、常につけていろと迫る嫉妬深い男を、カミラは受け入れてくれるのか。

疑念と不安は渦巻くばかりだった。

それでも——彼女が欲しい。

＊＊＊

両親から頼まれたお使いの帰り道。茜色(あかねいろ)の空を眺めながらカミラは想いを馳(は)せていた。

——そろそろ外遊からお戻りになるころよね。

マユス・カフィに戻り、忙しく働いているときでさえ、ふとしたときにランベルトのことが脳裏をよぎった。それで暗い顔になっていたのだろう。得意先へ差し入れをしてほしいと母親に頼まれた。出歩けば気分転換になると考えてくれたのだと思う。

——殿下のおそばにはもうイルザ様がいらっしゃったりして……。

ランベルトと同じ、虹色のファーベを持つイルザが。

「……っ」

まるで石を食べたあとのように、お腹がずうんと重苦しくなる。気を紛らわそうと空を見れば、廃れた教会の向こうに月が見えた。廃教会に隠れているせいで月の姿をすべては見ることができない。

カミラは月に引き寄せられるように廃教会へと歩いていく。そうして今宵が満月だと知った。ランベルトが、いっそう昂ぶる夜——。

廃教会の塀はところどころ崩れていた。鬱蒼と草が生えている。

お役御免となって忘れ去られた、いまはもう使われていない教会。自分と重なっているように思えてもの悲しくなる。

突如、ザッザッザッ……と足音が聞こえた。カミラは肩を弾ませて後ろを振り返る。だれかが、近づいてくる。

「——っ」

もう薄暗い時間だというのにこのような人気のないところに来てしまうなんて、どうかしているといまさら気がついたカミラは早歩きで大通りへ戻ろうとする。

ところが足音は大きくなるばかり。追いかけられている。カミラはとうとう走りだす。しかし恐怖で足がもつれて、思うように進めない。

大通りへ向かっていたはずなのに、廃教会の壁に囲まれた行き止まりに来てしまった。

後ろから手首を掴まれる。

「いやっ――!」

「……そんなに、嫌か」

よく知っている声を聞いてどきりとする。カミラは唇を開けたままその人を見上げた。月明かりに照らされた彼の表情は暗く、悲壮感に満ちている。

「殿下? どうして……」

「おまえの匂いを辿って、来た」

ランベルトは掴んでいたカミラの手首をそっと放した。

「俺と話をするのも嫌だったか?」

「いっ、いいえ! まさか殿下だなんて、思わなくて……」

「ああ……そうか。俺は夜目が利くが、カミラは――そうだよな。不審者だと思ったのか」

「も、申し訳ございません」

ランベルトは小さく首を横に振る。

「先に声をかけるべきだった。怖がらせてすまなかった。なんというか……逃げられたら、考えるよりも先に追いかけてしまう。始祖の習性かもな」

始祖とされる狼の習性。カミラはつい「ふふ」と笑ってしまう。すると彼もほほえんだ。ところが、しだいに凪いだような表情になる。

「……鎮め役を降りること、なぜ相談しなかった？」

哀愁を滲ませた顔で静かに尋ねられた。

「そ、それは……」

カミラは視線をさまよわせて俯く。

「ヨナタンに口止めされていたのか」

「……はい」

「それでおまえはあの夜、あんなに――」

手のひらで頬を覆われた。指先は耳朶を撫で、顎や唇を辿って肩を通り、背中へ向かった。優しくも力強く引き寄せられて、彼の腕に閉じ込められる。

「外遊から帰ったら、カミラの料理を食べられると思っていたのに」

恨みがましく呟き、ランベルトはカミラの首筋を強く吸い立てる。

「俺は……おまえしか食べられない。カミラでなくてはだめなんだ」

料理のことなのか、カミラ自身のことなのかわからなくなった。求められて嬉しくなるものの、同時に不安も込み上げてくる。

「あの、でも……イルザ様は？　公爵家のご令嬢で、虹色のファーベを……お持ちです」

なにもかも完璧なイルザのほうが彼にふさわしいのだという事実が脳裏をよぎり、つい下を向いてしまう。

「それがなんだ？　イルザ嬢のファーベは見た。たしかに虹色だったが――そんなこと、もう関係ない。そばにいてもらいたいのはカミラだけなんだ」

優しい声に誘われて顔を上げれば、真剣な表情のランベルトと、その向こうに大きな月が見えた。

月光が彼の黒髪を縁取り、煌めかせる。月はランベルトを輝かせるためにあるのだと思った。

「おまえが愛おしい。代わりなんていない。俺とともに一生涯を歩んでほしい」

青氷の双眸でまっすぐに見つめられたカミラは動けなくなる。

――愛おしい……って、おっしゃった？

夢を見ているのではないか。しかし頬にあてがわれた手のひらは熱い。

主人に恋愛感情を抱いてはいけないという鎮め係の契約はもうない。だから、想いを伝えてもよいのだ。

「好き、です。殿下……わたし、ずっと……好きでした」

彼は目を瞠り、小さく唇を震わせる。

自分の中にずっとあった想いをやっと、言葉にすることができた。それでもまだ足りずに、もう一度「好き」だと言おうとする。

「んっ……！」

ところが唇を塞がれてしまい、言葉は紡げない。キスは一度では終わらず、角度を変えて何度も施される。ワンピースの胸元をぐにゃりと掴まれた。大きな手のひらで膨らみを包み込まれると、気持ちよさと同時に安心感も覚える。

恥ずかしがるどころか安心するなんてと思うのに、揉みしだかれると身も心も歓びに震えた。リン、リーンとどこからともなく虫の音が聞こえたことで、ここは外なのだと思いだす。

「あ……殿下、ここでは……。危険が、あるかも。殿下の御身になにかあってはいけません」

「こちらからは見えないが護衛がついてきている。だから無用な心配はするな」

でもそれは、裏を返せば護衛にはこれからの一切を知られてしまうということ。かっ、と瞬時に頬が熱くなる。

ランベルトが歩を進めるので、カミラは後ろ歩きするしかなかった。廃教会の壁に背中が当たり、逞しい両腕に囲われる。

「彼らには決して見えないよう隠す。おまえの乱れた姿は、俺以外には見せない」

ランベルトは身を屈め、カミラの耳朶に舌を這わせる。

「……もう、無理なんだ。待てない」

濡れそぼった耳に苦しげな声を吹き込まれ、彼の下半身にある硬いものを腹部に押しつけられる。それからすぐにまた唇が重なった。

「ふっ……ぅ……！」

焦熱の舌が口腔に侵入してくる。月夜の昂ぶりを映すように、彼の舌はいつになく荒々しかった。カミラは懸命に、彼に応えようとする。

「んぅ、ふ……う、んっ、ん」

舌と舌が絡まり、ぴちゅっ、くちっと水音が立つ。カミラは彼の体に腕をまわした。そうして密着することでいっそう、ランベルトが張り詰めているのを実感する。

今夜は満月だから。彼が昂ぶるのは、仕方のないこと。そう言い聞かせて、いま起こっていることを正当化しようとする。

――ううん、本当はわかってる。

互いに、互いが欲しいだけなのだと。本能のままに求め合っているだけなのだと。

ランベルトはカミラに深いくちづけを施しながらも膨らみを執拗に弄っていた。

「コルセットを……つけていない。俺の言いつけを破ったな」

唇を離すなり彼は不満そうに呟いた。

「街の暮らしでは、つけないことのほうが……普通、なのです……ん、んっ……」

「……知っている。だがおまえはだめだ」

彼は服の上からでも膨らみの頂点をすぐに探り当てて、苛めはじめる。

「あん、んっ……あぁ……っ」

膨らみの先端をぐりぐりと押し込められ、焦燥感とともに下腹部が熱を持って燻りだす。

「もっと堅牢に身を守っていなければ、こうして俺のような不審者に探られてしまうだろう」

　彼はなんでもない顔をしていたが、先ほど逃げてしまったことを根に持っているのかもしれない。

「殿下は、不審者ではありませんから……」

「カミラが俺を認めてくれたから、不審者ではなくなったが。気をつけてほしい。この——敏感すぎる蕾を、いいように弄られる」

　ふたつの頂をそれぞれ指でぎゅうっとつまみ上げられた。ワンピース生地越しでも刺激が強く、高い声が出てしまう。

「ひぁああ、ぁっ……！」

「気持ちよさそうに啼いて。……かわいすぎる」

　彼は「はあ」と悩ましげに息をついて、なおもカミラの蕾を甘く責め立てる。衣服の内側でしっかりと勃ち上がっている蕾を指先でしつこく嬲られればもう、まわりが見えなくなった。心も体も快感ばかりに反応するようになる。

　快楽に溺れるカミラを見おろして、ランベルトはその頬にちゅっとくちづけを落とした。柔らかな唇が頬に触れるだけでも感情を揺さぶられる。愛しさが募る。

「あぁ、あっ……う、うぅ」

「その顔……たまらない」

　愛でるように、彼はまた頬に唇を寄せてくる。そのあいだも胸の頂はきちんと指で捏ねくりまわされていた。

胸の尖りを、挑発するように服の上から何度も引っかかれる。指先にはさほど力が込められていないから、じれったさばかりが積み重なっていく。

カミラは息を弾ませてランベルトを見上げる。彼もまた、狂おしそうに眉根を寄せていた。

「じかに……触りたい。確かめたい、カミラの感触を」

熱い息とともに発せられた言葉に体の芯をくすぐられる。

「わ、わたし、も……直接、触って……もらいたい、です」

ランベルトが目を伏せる。長い睫毛が目元に影を落とす。彼の右手が、ワンピースとシュミーズの内側へ滑り込んでくる。

肌をなぞり上げながら膨らみの稜線を辿って頂まで上りつめてきた指先が、硬くなっている屹立(きつりつ)の根元を小さく撫でる。

「はふ、ぅっ……ん、ぁん……っ」

形や肌触りを確かめるように薄桃色を象(かたど)られる。指は頂を避けるようにくるくると円を描いている。服の中でそうされるとよけいにくすぐったくなる。

カミラは壁に背を預け、下を向いて唇を震わせながら身悶えしていた。

「顔を見せてくれ」

「ふっ……」

言われたとおりに顔を上げる。月を塞ぐように彼がこちらを覗き込んでいるものだから、逆光になってしまってランベルトの表情はよくわからない。

しかし夜目が利く彼にはよく見えているのだろう。「いい表情だ」という声が降ってきた。

自分ではどんな顔をしているのかわからず隠したくなるものの「ずっとこちらを見ているように」と釘を刺されてしまった。

「ゃ、あっ……ずるい、です。殿下ばっかり、わたしを……見てる」

「ではこうするか」

「えっ?」

ランベルトはカミラの臀部を掴んで抱え上げた。カミラはというと、されるがまま足を広げて彼の体にくっつく。

「これで俺の顔もよく見えるだろう」

逆光ではなくなったし、顔の距離も近くなったのでたしかによく見えるようになった。

「でも……重い、ですよね?」

「いや、まったく。だが俺の肩に腕を置いてくれるほうが安定する」

カミラは「はい」と答えながら彼の背に腕をまわしてしがみつく。

「よし。これで心置きなくおまえを愛でることができる」

どこか満足げにそう言って、ランベルトはふたたびシュミーズの内側に手を潜り込ませて乳

房を掴んだ。

「ひぁっ！　あ、ぁっ……殿下……ん、うぅ」

服の内側で彼の手がもぞもぞと動いているのを目の当たりにして、羞恥心を刺激される。円月が浮かぶ夜空の下で、いけないことをされている気持ちが強くなる。

服の内側という狭い空間でも彼の指はまごつくことなく胸の蕾を弄る。ランベルトは見もせずに、どうしてこうも快感を高める嬲り方ができるのだろう。

薄桃色の棘は彼の指先に突き上げられたり引き落とされたりと、忙しなく揺さぶられていた。

「ずっと尖ってるな、ここ……。頑なに指を弾いてくる」

「そ、そんな……う、うぅ」

ランベルトが絶妙な指遣いで触るからそうなっているのだと訴えるべくじいっと見つめるものの、彼は「ん？」と唸って首を傾げるだけだった。

「う……っ。好きです、殿下」

込み上げてきた感情をそのまま口に出した。きっと、いままで伝えられなかったぶんが溢れだしている。

「……俺だって。いや、むしろ俺のほうがカミラを好きだ」

なぜそこで張り合おうとするのだろう。そんなところもやっぱり好きで。好きな想いに押されて行動する。カミラは彼の唇に自分の口を押しつけた。

「ん……っ！」

驚いたように彼が呻く。

――わたしからキスしたのって……初めてだわ。

大胆なことをしてしまったと思ったものの、後悔なんてしない。言葉だけでなく態度でも愛を示したかった。

ランベルトは驚いたからなのか、狙ってなのかわからないがカミラの胸の蕾をぎゅうっと指でつまんだ。

「んふっ……！」

今度はカミラが呻く番だ。唇を離そうとすると、すかさず彼の唇に深く食まれてしまって、離れられない。

カミラからくちづけたはずなのに、やはり彼に翻弄されることになる。ランベルトは胸の頂を指で捻りまわしながらカミラの唇を貪る。

細やかに角度を変えて唇を吸われると、足先から頭のてっぺんにかけてぞくぞくとした痺れが走る。

彼の雄を何度も受け入れてきた箇所が熱を孕みはじめる。意識がそちらへいったことで、足の付け根に彼の張り詰めた雄物が当たっていることに気がついた。

カミラは自ら腰を左右に揺らして秘所を彼のものに擦りつける。はしたないとわかっているのに、腰を動かすのをやめられない。

これではもう自慰をしているようなものだ。それなのに、とどまるところを知らず情欲が膨れ上がり、腰を左右に揺り動かす。

「……ん、カミラ……」

肉感的な掠れ声が耳朶をくすぐる。足の付け根をぐりぐりと擦りつけるのを、咎められているようにも思えた。それでも止まらない。止められない。気持ちがいい。彼が好き――。

「あ、あぁっ……わたし、もう――いっ……あぁ、あぁああっ……！」

カミラは顎を仰け反らせて叫んだ。目の前が霞んで、一瞬ここがどこなのかわからなくなる。

「ふ、あ……あぅ、う……」

快感も理性も決壊してしまった。あとに残るのは、目の前の人への愛しさだけ。

下腹部がヒク、ヒクッと震えている。カミラはぼんやりとランベルトを見つめる。

「……淫らなカミラ。達してしまったのか」

彼は額にうっすらと官能的な汗を滲ませて眉根を寄せている。

「おまえがあんまり擦りつけるから、俺も……危うかった」

ランベルトはカミラの体を壁と左腕で支え、片手でトラウザーズの前を寛げて陰茎を露わにした。

ドロワーズのクロッチを押しのけるようにして雄杭が蜜壺を突き上げる。

「ふぁああっ……！」

カミラはビクンと肩を弾ませたあとで、支えを求め、あらためて彼の背を掴む。不安定な体勢でも、楔は難なく隘路を進んでいく。

「よく……濡れてる、な。指で探らなかったから心配していたが、杞憂だった」

彼はどことなく意地の悪い笑みを浮かべている。指で中に触れるまでもなくずぶ濡れだったと揶揄(やゆ)され、羞恥で頭が沸騰しそうだった。

甘美な快感にずっと晒されて、どこもかしかも蕩けだしてしまいそう――。

「あっ、ん……あぁ、ふぅうっ」

蜜壺に彼の楔が出入りするたび、水音が際立つようになる。虫の音よりもそちらのほうが大きいのではないかと思い至って、羞恥心を苛まれた。

ランベルトは小刻みな律動を続ける。彼は立ったまま、なにも支えにしていないというのに律動が衰えることはなく、それどころかどんどん勢いが増していく。

奥処(おく)を穿たれたカミラは「ひあぁっ！」と声を上げながら天を仰ぐ。夜空の星が瞬いているのか、それとも自分の目に星が飛んでいるのか、どちらともつかない。

「く……窮屈だな」

「ご、ごめ……」

「褒めている。カミラは俺の、を……ぎゅうぎゅうに締めつけて、離さない」

「ふっ……」

「ああ――まただ」

彼は長くゆっくりと息を吐きながら、熱い雄杭で媚壁を抉るようにぐるりと動かした。

「あふっ、う……！」

カミラは快感に戦慄く。意識せずとも下腹部に力が入る。ランベルトは、快楽に浸るカミラの顔を見つめていた。

「子種が欲しいと言っていただろう。その気持ちはいまも変わらないか？」

「は、はい……いまも、わたし……欲しい、です。ランベルト殿下の――」

カミラは「はぁ、はぁっ」と息を荒らげながらランベルトに縋る。彼は薄く唇を開けて目を細めた。

「……っ、どれだけでもやろう。俺も――カミラに注ぎたくてたまらない」

切なげな顔でランベルトはカミラをめちゃくちゃに揺さぶる。視界はがくがくと大きく揺れて、まったく定まらない。彼の顔が何重にも見えた。

ずぶずぶと出し入れされて、喘ぎ声が止まらなくなる。

「ふ、あぁっ……あっ！」

「カミラ？　あまり大きな声を出してはだめだ」

そうだ。ここは外で、さほど遠くない場所に護衛がいるわけで。夜は特に音が響くこともあり、大声を出せばよく通ってしまう。そして先ほどは、思いきり叫んでしまった。

まわりが見えなくなっていたカミラはとたんに顔を真っ赤にする。するとランベルトはくすりと笑った。

「もっと密(ひそ)やかに……俺だけに聞こえるように。ほら……口をもっと耳に近づけて」

「う、ふっ……。はい、殿下……ぁ、あっ……」

あとから思えば、わざわざ彼の耳に口を近づけずとも、耳のよい彼は確実に嬌声を拾っていただろう。

そうとは失念していたカミラは懸命に彼の耳に唇を寄せて、高い声を紡ぐ。

「そう……もっと、潜めるんだ」

甘く囁かれればすぐ調子に乗って、上手にできている気がしてくる。

小さくなる嬌声とは対照的に、抽送は過激になっていく。あまりの心地よさで、何度も意識が彼方へ飛びかけた。

「カミラ……カミラ……！」

すぐ近くで名前を呼ばれたはずなのに、やけに遠く感じる。きっと忘我の境地に陥っていたのだと思う。

彼の溢れんばかりの熱情が、蜜壺に満ちていった。楔も隘路も、ドクドクと脈打っている。

舟に乗って揺蕩(たゆた)えばきっとこのような心地なのではないか。気持ちのよい疲労感に襲われて、恍惚境に達した余韻を堪能する。

「今夜は一緒に俺の寝室へ戻るぞ。いいな?」

「……はい」

もう片時も離れたくない。カミラは弛緩していた両腕に力を込めて、ランベルトの熱い体を抱きしめた。

第五章　とこしえに

よく晴れた空に白い下り月がぽっかりと浮かんでいた。カミラはランベルトとふたりでベンチに座り、赤や黄、青や緑など虹を思わせる色の花が咲き乱れる庭を見まわす。

ここはファイネ城内にある王太子の専用庭。ふたりのほかに人の姿はなく、ランベルトの許可なしにはだれも立ち入ることができない。

「素敵な場所ですね！」

大きく息を吸い込めば花のよい香りに包まれる。

「ひとりで来ても『素敵』だとは思えなかったが……そうだな。カミラがいれば悪くない庭だ。だれにも邪魔されず休日を過ごすのにはいい」

肩を抱かれ、顔を寄せられる。先ほどカミラがしたのと同じように、彼もまた大きく息を吸い込んだものの、どう考えても花の匂いを嗅いでいるのではない。

「あの、殿下？　花の香りを嗅がれるのでしたら、わたしはお邪魔かと……」

「おまえと花の香りを一緒に満喫してるんだ。……すごく甘い」

彼に手を取られ、指と指のあいだをなぞられる。

「う……少し、くすぐったいです」

「指のあいだを指でなぞられるのが？」

カミラが頷くと、ランベルトは「ふうん」と相槌を打つだけで、指を動かすのをやめない。

「殿下——」

ふたたび呼びかけると、彼は口の端を上げてカミラの右手を高く掲げた。なにかが陽光に反射してきらりと輝く。

カミラは目を見開いて、いつのまにか薬指に嵌まっていた指輪を凝視する。

「婚約の証に」

その指輪の中央にはダイヤモンドが花弁のように円く集まっていた。大輪の花のようにも、満月のようにも見える。陽の光を受けて煌めく指輪を見つめたまま、カミラはしばらく声が出せなかった。

「あ……あり、がとう……ございます」

やっと言葉を発したときには、瞳から涙も一緒に零れていた。嬉しくて、幸せで、信じられない気持ちもあって。そのすべてが涙に変わる。

ランベルトがそっと涙を拭ってくれる。

「でも、わたし……本当によろしいのでしょうか」

彼はイルザを含め、自分のもとに寄せられていた縁談をすべて断ったという。

「おまえが爵位の差を気にして俺に想いを伝えられなかったこと……いままで気がつかず、すまなかった。考えればわかるものを――。ゲオルクが言っていたとおり、俺はそういうことには果てしなく愚鈍だな」

彼は自虐的なほほえみを浮かべて言葉を継ぐ。

「俺自身、もうずっとおまえのことを好いていたのに……つい最近まで自覚がなかった。己の鈍感さを呪いたくなる」

目元を撫でていた彼の手が頬を覆う。温かくて大きな手のひらにはいつも安心と悦びを与えられてきた。

「心から愛している。俺の伴侶となれ、カミラ」

爽風が吹き抜け、花の香りが充満する。色とりどりの花々が風に揺られて踊る。ますます嬉し涙が溢れてしまい、彼の手を濡らしてしまう。

頬に添えられていた彼の手に自分の両手を重ねてカミラは想いを口にする。

「大好きです、殿下」

すると彼は目を細め、こつんと小さく額をぶつけてきた。

「いいかげんに『殿下』はやめろ」

「では……ランベルト様?」

「ん――」

ほほえんだままの唇と唇がそっと重なる。

「カミラ――俺の、婚約者」

確かめるように彼が呟いた。はじめはうっとりとした顔だったランベルトだが、しだいに唇がへの字に曲がる。

「……いかん。すぐにでも妻だと言いふらしたい」

「えっ? ええと……あの、嬉しいのですが……だめだと思います」

婚約したと周囲に公言するだけでも大騒ぎになりそうなのに、いきなり『妻』はハードルが高すぎる。

「だめか」

さも残念そうにしゅんとする彼を見てきゅんとする。彼の始祖は狼だが、たまに子犬のようだと思うことがある。本人には絶対に言えないが。

ランベルトはカミラの右手首をやんわりと掴み、指に舌を這わせていく。指輪のすぐ近くまで舌で辿られてどきりとする。

「殿下――では、なくて……ランベルト様。まだ陽が高いですから……」

「ああ……まだ明るいな。早く刻が過ぎればよいものを」

「あまり早く過ぎては、困ります。ランベルト様と、一緒に……たくさん、過ごしたいです」

「相変わらずかわいいことを言うな、俺の妻は」

「こ、婚約者です」

「そうだった」

彼は悪びれるようすもなく、べえっと赤い舌を出してカミラの唇をぺろりと舐め上げた。

「んん」と呻きながらカミラは目だけを動かしてあたりを見まわす。

「城内だから護衛はいない」

「そうですけど……人目は、あるかもしれません」

「視線は感じない」

だからもっと、と言わんばかりに見つめられる。五感に優れた彼が言うのだから、間違いないのだろう。

カミラは頬を赤らめたまま瞳を左右に揺らしたあとで、そっと目を閉じた。


今日はマユス・カフィの定休日。カミラの今後について話をするため、エリーゼとともにファイネ城のサロンにやってきた両親はひどく緊張していた。

ランベルトは公務のためここにはいないが、城のサロンでエリーゼや両親を迎えることを快諾してくれた。

正式な婚約発表はまだ行われていないが、指輪を賜り『王太子の婚約者』となったカミラはそう簡単に城の外へは出かけられない。

「殿下が店にいらしたときは本当に驚いたよ。なんの前置きもなく、おまえを妻にとおっしゃるから」

斜め向かいのソファに座っている父の言葉にカミラは「わたしもすごくびっくりしたわ」と同調した。妻にと望まれたこともだが、あの日の夜ランベルトから「おまえの両親はこの結婚を了承している」と聞かされたカミラは、彼の行動の早さに驚いた。

「それで……エリーゼ様。先ほどお話しさせていただいた件ですが」

父の隣に座っていた母が、向かいにいるエリーゼに伺いを立てた。エリーゼは大きく頷いたあと、カミラに向かって口を開く。

「カミラ。あなたがご両親のことを愛して、誇りに思っていることはよくわかっているわ。私だってご両親のことが好きよ。あんなに美味しいお肉を毎日、振る舞ってくれるのだもの。けれどね、ランベルト殿下のそばにいるためには、私の子にもなってもらわなくちゃいけないの」

ファイネ王家に輿入れするため、ハンゼン侯爵家に養子として迎えてもらうほうがよいのだとエリーゼと両親が説明してくれた。

「これから少しのあいだだけ、あなたの名前はカミラ・バルツァー・ハンゼンよ」

バルツァーの名を捨てるわけではないと、エリーゼは言いたいのだろう。

「すぐにカミラ・ファイネになってしまうけれどね」

ばちっとウィンクするエリーゼに、カミラは深々と頭を下げて「ありがとうございます」と感謝の言葉を述べた。

「すまないな、カミラ。おまえには本当になにもしてやれなかった」

父が言うと、母もどこか寂しそうに「ごめんなさいね」と呟く。

「いいえ、美味しいお肉料理の方法を教えてくれたわ。殿下はいつも『絶品だ』って褒めてくださる。だから……ありがとう。お父様、お母様」

瞳を潤ませる三人を尻目に、エリーゼはリリーが淹れた紅茶を飲み、イチゴのタルトを食べて顔を綻ばせた。

「ところで、あなたが鎮め係を降りたあと殿下はマユス・カフィまで追いかけていらしたのよね。そのあとどんなふうにアプローチされたの?」

カップをソーサーに戻しながら、興味津々なようすでエリーゼが訊いてきた。

カミラは、そのときはお使いに出ていたこと、たまたま立ち寄った廃教会まで彼が匂いを辿ってやってきたことを話した。

「そう――やっぱり私の見立ては間違っていなかったわね」

そう言うなりエリーゼはどこからともなく布袋を取りだしてカミラに渡した。

「中を確かめてみて」

エリーゼの言葉に従って袋の中身を見たカミラは目を丸くする。

「あの……これは?」

「ファイネ王家の始祖に敬意を込めて。殿下につけてみてもらいなさいな!」

カミラは目を白黒させながら「ええええっ⁉」と声を上げた。


夜、新しくあてがわれた居室——ランベルトの寝室と続き間になっている——で、カミラはエリーゼから授かったそれとにらめっこをしていた。

正直、彼がこれを身につけているところをものすごく見てみたい。しかしこんなものを手渡しては、不敬なのではという不安もあった。

そこへ内扉がノックされ、ランベルトが顔を出す。カミラはとっさにそれを後ろ手に持って隠した。

ランベルトは、ソファに座るカミラのすぐ隣に腰を下ろした。

「ハンゼン侯爵の養子になるそうだな。おまえはヘルジアだから、準男爵家のままでも結婚は不可能ではないが——爵位にうるさい連中を黙らせるには得策だ。だがカミラはいいのか?」

「はい。わたしはいまだけカミラ・バルツァー・ハンゼンなのだと、エリーゼ様が言ってくださいました」

ランベルトは「なるほど、それはいいな」と笑う。

「ところでなにを隠した？」

ああ、やっぱり気づかれていた。こういうことに関して、彼の鋭さは群を抜く。カミラは意を決して口を開く。

「ランベルト様……あの、お願いがあります」

「なんだ？　カミラの願いならなんでも聞いてやろう」

「こっ、これを……つけてくださいませんか？」

彼の髪と同じ漆黒の獣耳を差しだす。アーチ状のつるりとした黒い土台に狼の耳がくっついており、耳の部分はふさふさだ。

「ん？　おまえにか？」

「いいえ、ランベルト様に、身につけていただきたいのです」

彼は青い瞳を見開いたまましばし唖然としていた。

「いえ、そのっ……お嫌でしたら、よろしいのです。諦めます……」

「……俺がそれをつけているところを、そんなに見たいのか？」

カミラは「はい」と答えながら何度も頷く。いっぽうランベルトは首の後ろに手を当てて視線をさまよわせていた。

「……わかった」

唸るように言って、ランベルトは獣耳を受け取り頭に嵌めて、乱雑に自分の髪を掻き乱す。なかばやけになっているようにも見えた。

彼が髪を乱したので、狼の耳がよく馴染んでいる。いまにも「ワン」と——いや、もっと狼らしく「ウォーン」と鳴きだしそうなほどぴったりだった。

「あ、あのっ……すごく、お似合いです……っ」

興奮しすぎて鼻から血を吹きだしてしまいそうだと思いながらもカミラはランベルトをまじまじと見つめる。彼は眉間に皺を寄せて「そうか」と呟いたあとで口角を上げた。

「では狼らしく獲物を狩るとしよう」

「——ひゃっ⁉」

急に力強く抱き寄せられたかと思えば、首筋にがぶりと歯を突き立てられた。甘く肌を噛まれ、ぴりっとした痛みが走る。

「ん、あぁっ……」

ナイトドレスの上から荒々しく双乳を鷲掴みにされ、性急にぐにゃぐにゃと揉みしだかれる。そうなればもう、彼の獣耳を楽しんでいる余裕はない。首筋のわずかな痛みは快感に変わる。

カミラは押されるようにしてソファの座面に寝転がった。ランベルトはカミラを組み敷いて身を屈め、ナイトドレスの上から胸の頂を食む。

「ひぅっ……！」

彼がぎりぎりと歯を動かせば、挟まれている頂は刺激を受けて凝り固まる。いっそう食(は)みやすくなった棘を、彼は薄布越しにねっとりと舐(ねぶ)った。

彼が舌を動かすたびに狼の耳が揺れる。つい手を伸ばして耳を掴むと、ランベルトは「んっ？」と声を上げた。

「そんなにこの耳が気に入ったのか」

「あ、いえ……その」

ふさふさの耳が揺れていたから、つい掴んでしまった。

「これをつければ昼間でも触らせてくれるか？」

「そっ、そのようなこと――」

カミラは言葉を切って瞳を揺らす。ランベルトは挑発的に笑って、ナイトドレスの胸元を左右にはだけさせた。露呈した乳房をじっくり眺めて、今度はじかに舌で頂を突く。

「ふぁあ、あぁっ……！」

舌先でつん、つんっと何度も薄桃色の根元をノックされる。

「やっ、やあっ……じさらな、で……くださ……ぃ、あ……っ」

「じらしているつもりはないが。そう感じたのなら悪かったな」

いやにわざとらしい言い方だ。いや、絶対にわざとだ。彼はこちらが焦れてくるのを狙って、そんな舌遣いをしている。

「あ、あぁっ……も……本当に、おねが……ぃう、うぅっ……」

カミラが懇願すると、ランベルトは嬉しそうに口の端を上げた。そうしてようやく、赤い舌の腹を使って胸の蕾を舐めてくれる。

「ふぁ、あぁあっ！」

少し焦らされたぶん快感は凄まじかった。ざらついた舌の感触がたまらない。カミラはソファの上で肩を揺らして快楽にのたうつ。

気を抜けば「もっと」と叫びそうになるのを懸命にこらえる。

「……気持ちよさそうだな？」

彼が顔を上げる。初見の愛らしさはどこへやら、舌なめずりをする彼はいまや獰猛な獣にしか見えない。

遥か彼方で遠吠えする獣の声が、聞こえた気がした。

王太子妃となるカミラの礼儀作法に関する教育はハンゼン侯爵家でなされるのが筋だが、ランベルトの要望により城で行われることになった。

カミラは鎮め係を降りてからずっとヨナタンと顔を合わせていなかった。おそらくランベルトが意図的にそうしていたのだと思う。

「おはよう、カミラ。ヨナタンが、おまえの教育係をしたいとほざいていたが断っていいよな」

ベッドの中で、目を覚ますなりランベルトから告げられたカミラは「えっ⁉」と声を上げた。どうやら彼はいまになってそのことを思いだしたらしかった。いや、記憶力のよい彼が「忘れていた」ということはない。単にいままで言いたくなかっただけなのだろう。

「いえ、できればヨナタンさんに教えを乞いたいです。だって、ランベルト様もヨナタンさんからご教育を受けられたのですよね」

目を輝かせるカミラを前にしてランベルトは「うっ」と呻き、ため息をついた。

「そう言うと思った。仕方がないな……。まあヨナタンであれば、カミラが俺の執務室で教育を受けてもかまわないしな。都合のいいように考えるか」

「ありがとうございます、ランベルト様」

裸の背中を撫で上げられた。ぎゅっと抱き寄せられ、彼の硬い胸板に乳房が当たる。

「んっ……」

「なんだ、感じてるのか？　もう一回するか」

「い、いけません。すぐにご公務の時間となります」

すると彼は、ベッドヘッドに置かれていた狼の耳を頭につけた。「これでいいだろう」と言わんばかりにほほえんでいる。

カミラは唇を震わせながら、ふさふさの獣耳を両手で触ったあとで「だめです」と言う。

「さんざん耳を弄んでおいてずるいぞ、カミラ」

唇を尖らせるランベルトにキスをして、カミラは「ごめんなさい」と謝る。

「おまえが陽の高いうちに体を許してくれたのは、マユス・カフィに行ったときだけだったな」

「あ、あのころは……まだ、殿下のご公務についてもきちんとわかっていなくて。ですがいまは、わかります。それにヨナタンさんにも口酸っぱく言われていましたし。『くれぐれも殿下のご公務に支障をきたさないようになさってください』と」

「あー……わかった。あいつの話はもうするな。それにいまはまだ公務中ではない。あと十五分は、私的な時間――」

すべて言い終わらないうちにランベルトはカミラの唇を奪った。


朝食後、カミラはリリーと一緒にランベルトの執務室へ行った。部屋にいたヨナタンはカミラを見るなりカーペットの上に膝をついて頭を垂れる。

「鎮め係の件、殿下への秘匿を強要したこと、心よりお詫び申し上げます」

「そっ、そんな……！　どうかお顔を上げてください、ヨナタンさん」

「許してくださるのですか？」

「はい、もちろんです。はっきりと自分の考えを言わなかったわたしもいけないのですし」

それに鎮め係を降りなければ契約に縛られて、彼に想いを伝えられなかった。結果論ではあるが、あの一件があっていまがある。

ヨナタンはすっくと立ち上がると、先ほどまでとは打って変わってなんでもない顔で話しはじめる。

「ありがとうございます。それからカミラ様は私を教育係と認めてくださったとのことですので、さっそくその件についてお話を」

執務椅子に座っていたランベルトが薄く笑いながら「切り替えが速いな」とぼやく。ヨナタンは小さく咳払いをして話し続ける。

「これまでは『ヘルジア』ということで多少の無作法にも周囲は目を瞑ってくれたことでしょうけれど、これからはそうはいきません。王太子妃様となられるのですから、礼儀作法は完璧に。そして政治的な知識や社交界のいろはも徹底的に覚えていただきます」

カミラは背筋を正して「はい」と返事をする。

「政治や社交界方面は別の方にご教示いただくことになりますが、城のしきたり、王太子妃様としての振る舞い方など基本的なことは私がびしばしと教育させていただきますのでそのおつもりで」

「びしばし」という言葉を聞いて「ひいっ」と悲鳴を上げそうになってしまったが、この城で――ランベルトのそばで――暮らしていく上で必要なことだ。

それに、知識を身につけることできっとランベルトの邪魔にはならなくなる。外遊にだって一緒についていって、役に立てる日が来るかもしれない。

「よろしくお願いします、ヨナタンさん！」

「はい。まずその言葉遣いを改めてください、カミラ様。私はあなたにお仕えしているのですから、私を『さん』付けで呼ぶのはおかしいですし、丁寧な言葉遣いも不要です」

「は、はいっ……ではなく、ええ。気をつけます、るわ」

カミラがおかしな話し方をすると、ランベルトが「ふっ」と吹きだした。

「無理ならいいんだ、カミラ。ヨナタンを呼び捨てにするのは賛成だが、まあ一応教育係だしな。教えを乞う立場であれば丁寧な言葉遣いのままでもいいだろう」

ランベルトは口を押さえたまま目尻に涙を溜め、声を抑えて笑っている。カミラは頬を染めながら「そうします」と答えた。

それからというもの、カミラは寸暇を惜しんで学習に励んだ。ヨナタンが教育に時間を費やしても、ランベルトの公務が滞ることはなかった。「俺はもうヨナタンなしでもやっていける」と自信満々にランベルトが言うと、ヨナタンは少し不満そうに「立派になられましたね」

と褒めた。

ある日、ランベルトが議会へ出かけたあとのこと。ヨナタンが「カミラ様は肉料理しかお作りになれないのですか」と投げかけてきた。

「私は肉よりも野菜のほうが好きです。特にスープが」

さも「作ってくれ」という圧を感じる。

「ですが貴族がお料理をするのは……よくないのですよね？」

「もはや個性でしょう。恥ずべきこととは思いませんので、どうぞご自由に」

いささかばつが悪そうに言うヨナタンを見て、カミラは口を開けて破顔する。

「でしたらわたしはやっぱりお料理がしたいです！」

鎮め係を降りてファイネ城に来てからというもの、まったく料理をしていなかったので、正直なところ落ち着かなかった。日に一度はフライパンを握りたいというのが本音だ。

「では休憩がてら厨房へ行かれますか？」

壁際にいたリリーがわくわくとしたようすで声をかけてくれる。カミラは視線でもってヨナタンに伺いを立てる。

「どうぞ。カミラ様は思いのほか飲み込みが早いですし。息抜きも必要でしょう」

厨房へ赴いたカミラはヨナタンのため、かぼちゃのスープを作る。

かぼちゃは皮を剥いて適当な大きさにカットしておき、そのあとでスライスした玉ねぎをフライパンでじっくりと炒(いた)め、バターと水、砂糖、牛乳、牛と鶏の肉からとった出汁(だし)と塩こしょうを足し、かぼちゃと一緒に煮込んだ。

久しぶりの料理を満喫しつつ、カミラはセカンドダイニングへ行き、ヨナタンにスープを振る舞う。ヨナタンがかぼちゃのスープを啜(すす)るのを、どきどきしながら見守る。

「……殿下が胃袋を掴まれた理由がわかりました」

ヨナタンが笑うところは初めて目にした。

——喜んでもらえてよかった。

ほくほくとセカンドダイニングを出ていくと、ランベルトと遭遇した。彼は一部始終を見ていたらしかった。

どこからどう見ても不機嫌な顔をしている彼に、カミラは「あ、あの」と声をかける。

「ヨナタンにだけ作ったのか」

俺のぶんはないのかと、彼の顔に書いてある。

「申し訳ございません、すぐにお作りいたしますね。とびきりのお肉料理を！」

あまりにご機嫌取りな発言だっただろうかと心配したが、ランベルトは「とびきりのお肉料理」に気をよくしたようで、笑みを取り戻した。

ところがすぐにまた表情が曇る。ランベルトは、美味しそうにスープを啜っているヨナタンを忌々しげに睨んでいる。

「まったく……興味のないふりをして、あいつもけっこう油断ならない」

威嚇するように殺気立つランベルトを、カミラは「本当にすぐ作りますから！」と宥めつつ慌てて厨房へ向かった。


城のサロンにて、ヘルジアだけが集う内輪の茶会が催された。主催はミュラー公爵だが、当の公爵やその娘であるイルザの姿はなかった。ミュラー公爵家のメイドもヘルジアだそうで、今回は彼女が名代なのだという。メイドという立場であっても、ヘルジアであればそういったことも可能なのだそうだ。

ミュラー公爵のメイドは、集まったヘルジア全員のファーベを見てまわっていた。

茶会が終わり、私室に戻ったあとのこと。城にはいなかったはずのイルザが訪ねてきた。カミラはサロンでイルザを迎える。

「たいへんなことがわかり、急ぎお伝えしようと思って参りましたの」

イルザは悲壮感たっぷりに話し続ける。

「ランベルト殿下のファーベが虹色ではなくなっているのよ。赤みが強くなっていたとわたくしのメイドが言っていたわ。だからあなたの色も殿下と同じになるまで距離を置いたほうがよろしくてよ」

イルザは小さく手を叩き合わせて「そこでね」と話を繋ぐ。

「本日から二日間だけですけれど、父は所領に帰りますの。そのあいだに王太子妃教育をして差し上げると言っております。二日あればカミラさんのファーベも変化するかもしれないでしょう？　なんてちょうどよい機会なのかしら！」

ファイネの政治経済において最前線にいるミュラー公爵に直接教えを乞うことができるのは魅力的ではある。

「光栄ではございますが、城を出るのでしたら殿下に許可をいただかなくてはなりません」

それに距離を置いたからといってファーベが変化するものなのだろうかとイルザに尋ねようとしたが、それよりも先に彼女が口を開く。

「わたくしの父がカミラさんの教育係をするという話は通してありますから、もちろん許してくださるわ。参りましょう」

「ではせめてそのようにお伝えしてから、お伺いしたいです」

「些末なことは侍女に任せておけばよいのです。カミラさんは侯爵令嬢になられたのだから、あまりなんでも自分で動いていてはいけませんことよ」

そうしてイルザは、近くにいたリリーに「いまの話を殿下にお伝えして」と指示を出した。

リリーは困惑しながらも、公爵令嬢の言うことには逆らえず、低頭して去っていった。

「さあ善は急げ、よ」

「ですが着替えなどはどのようにいたしましょう」

「まあ、着替えのご心配なんて無用よ。わたくしの家にはなんでもあるの。もちろん有能なメイドもいるわ。それに父はすでに馬車であなたを待っているのよ」

そんなふうに言われては、急がざるをえない。待たせてはいけないという気持ちが働いて、カミラは城の裏門へ急いだ。

馬車には身なりのよい初老の男性と、侍従らしき男性が乗っていた。カミラは精いっぱいレディのお辞儀をして、ミュラー公爵に挨拶をした。

「ではお父様。カミラさんをよろしくお願いいたしますね」

ミュラー公爵は表情を変えずに「ああ」と答える。

「イルザ様はご一緒に行かれないのですか?」

「ええ。わたくしは王都に残ります。ごきげんよう」

満面の笑みで送りだされるとかえって不安になる。ミュラー公爵とイルザは、なにか企(たくら)んでいるのではないか。そんな気がしてならない。

「座りなさい」

ミュラー公爵に言われたカミラは「はい」と返事をして、彼の向かいに腰を下ろした。

「このたびは、わたしの教育係をお受けくださりありがとうございました」

ミュラー公爵は無言で頷くだけで、なにも言葉を発しようとしない。てっきり馬車の中でもなにか教示があるのではと期待していたカミラは困惑した。

窓の外を見る。ミュラー公爵の所領は城からそう遠くない場所にあるのだと、教育の一環でヨナタンから教わっていた。いまは大通りから外れた静かな道を進んでいる。

馬車はカーブでもないのに速度を落とした。緩やかに減速して、終いには停まってしまう。

「どうしたのでしょうか」

ミュラー公爵はまったく動じず、涼しい顔で「馬にトラブルがあったのかもわかりませんな」と言った。

馬の蹄が聞こえた。どんどん近づいてくる。けたたましさからして、一頭ではない。

「外のようすを見てきなさい」

ミュラー公爵が侍従に指示を出す。侍従は「かしこまりました」と答えて馬車の扉を開ける。

そうして、フードを目深に被った男性が馬車を取り囲んでいることに気がつく。危機を察したカミラは慌てて馬車の扉を閉めようと席を立った。

「こういうときは、むやみに動いてはいけませんよ」

ところがミュラー公爵に制されてしまう。

「ですが……っ」

きっと賊かなにかだ。馬車は襲撃されたのだ。せめて扉を閉めなければと思ったのだが、無駄な抵抗ならしないほうがよいということだろうか。

「そうそう、大人しくしていな」

屈強な男性が馬車に乗り込んでこようとする。カミラは竦み上がりながらも、馬車の奥まった場所まで逃げる。

そこへ「ぐぁっ」だとか「うぅっ」という呻き声が聞こえた。馬車の外からだ。こちらへ踏み込んでこようとしていた男が怪訝な顔をして後ろを振り返った途端。

「なっ、なんだおまえ！」

男の向こうに、顔の下半分を隠した彼がいた。

——ランベルト様！

カミラが心の中で叫ぶのと同時に、男は剣を抜いてランベルトに襲いかかった。ランベルトは片手で剣を受け、男を一蹴する。男の体は道の端まで吹き飛び、ごろごろと転がって動かなくなった。

その後も次々と賊がランベルトに斬りかかったが、彼は優美な身のこなしですべてを躱して、大柄の男たちを容易く気絶させていった。

「もう大丈夫だ、カミラ」

ランベルトは口元の布を外しながら馬車に乗り込んでくる。彼はおそらく匂いで、カミラに怪我がないことはわかっている。

「はいっ……助けてくださって、ありがとうございます」

カミラは差しだされた手を取り、ランベルトに寄り添った。

「ど、どうなさったのですか？　なぜわざわざ殿下御自らこのような場所に――」

ミュラー公爵はひどくうろたえている。

「貴殿が直々に王太子妃教育をするなど珍しいから、手腕を見ようと思ってな。まさか賊に襲われているとは。来てよかった。それにしても護衛もつけずに我が婚約者を馬車に乗せるとは」

急にあたりの空気が凍てついたようだった。ミュラー公爵は顔を強張らせて「申し訳ございません」と謝罪した。

「ところでミュラー公爵。この賊ども……よもや貴殿の差し金ではないだろうな」

公爵はますます青ざめる。

「まっ、まさか！　存じ上げません、あのような者たち」

「……そうか。カミラの教育は貴殿ではなく別の者に頼む。ゆえに公爵領へは行かぬ」

「さ、左様でございますか……」

「行くぞ、カミラ」

ランベルトに馬車から連れだされる。あたりには賊が倒れているだけで、ほかにはだれもいない。

「ランベルト様の護衛の方々は――？」

ちょうどそこへ、見知った顔の護衛たちが馬で駆けつけた。

「遅いから置いてきたが、まあ……いいタイミングで来たな。おまえたち、この賊どもを縛り上げて城へ連行しろ」

ランベルトが声を張り上げると、護衛たちは「はっ」と敬礼して、倒れている賊たちを縄で縛りだした。

「どうしてそんなに急いでわたしを追いかけてくださったのですか？」

「嫌な予感がした。こう……掻き立てられた。単純に俺が、おまえと少しでも離れたくなかっただけかもしれないがな」

道の端にはランベルトの白馬が大人しく待っていた。手を引かれ、馬に近づく。

「俺の馬で帰るぞ。ミュラー公爵の馬車には金輪際、乗るな。それから面会に茶会、舞踏会……どんな誘いがあっても、ミュラー公爵が関わっているものはすぐに応じず報告するように。強引に連れていかれそうになっても、俺からそのように命じられていると言って断固拒否しろ」

ただごとではない雰囲気に気圧されながらもカミラは「はい」と頷いた。

白馬の前に乗せてもらい、帰路につく。馬に揺られながらランベルトが尋ねてくる。

「賊に襲われたとき、馬車は急停止したか？」

「いいえ。曲がり道でもないのに徐々にスピードが落ちていって、穏やかに停まりました」

「そのときのミュラー公爵のようすは？」

「とても落ち着いていらっしゃいました。わたしが、どうしたのでしょうとお尋ねすると、馬にトラブルがあったのかもしれない……とおっしゃいました」

カミラは体を捩って、後ろにいる彼を見る。ランベルトは、いまだかつて見たこともない恐ろしい顔つきをしていた。

カミラの視線に気がついた彼は「ん？」と短く発して口の端を上げる。視線が絡みそうになり、カミラは慌てて前を向いた。

――すっかり忘れていたけれど、ランベルト様のファーベは変化しているとイルザ様はおっしゃっていた。

それはすなわち『抜群の相性』ではなくなってしまったということ。不安に胸を掻き立てられ、息苦しくなる。

ランベルトとともに執務室に戻ったカミラは『ファイネの歴史』という分厚い本を読みながらも、いまひとつ集中できずにいた。

「ん？　おかしいな」

突然、ランベルトが声を上げたので、ついびくっとしてしまう。

ランベルトは書類を掲げながらヨナタンに言う。

「以前見た書類と違う。数字が改竄(かいざん)されている」

ヨナタンは驚きと困惑を滲ませた顔で席を立ち、執務机の向こうにいるランベルトから書類を受け取った。

聞けば、ミュラー公爵の側仕えが慌ててやってきたときの書類と、変わるはずのない数字が変わっているとのことだった。あのときランベルトは、ぱらぱらと数枚の紙を見ていただけだが、細かな数字まで記憶していたらしい。

「これは……横領が疑われますね。第三者機関にも依頼して詳しく調査しなければ」

深刻な表情でヨナタンが言った。

「ミュラー公爵には調べがつくまで自邸で謹慎、だな。いよいよゲオルクを王都に呼ばねばならん。まぁあいつも、俺が身を固めるときは——とかなんとか言っていたしな。ちょうどいい機会だ」

ランベルトは流麗な字ですらすらと手紙をしたためる。

「ミュラー公爵についてはほかにも調査中の事案がある。ヨナタン、名誉挽回の機会を逃すなよ。真の忠誠を見せろ」

ランベルトが凄むと、ヨナタンは露骨に縮み上がった。

「も、もちろんでございます。では少々失礼いたします」

ヨナタンはランベルトが書いた手紙を持って低頭し、部屋を出ていく。リリーはいま席を外しているので、執務室にはカミラとランベルトのふたりきりになった。

「……カミラ。なぜ俺と目を合わせない？」

ふだんどおりにしているつもりだったが、やはりランベルトには見破られてしまう。カミラは席を立ち、椅子に座るランベルトのそばまで歩いた。

「ランベルト様のファーベを、見せてもらえますか？」

「もちろん」

彼はカミラの腰を抱き、膝の上に座らせる。横向きに彼に乗ったカミラは、深呼吸をした。

——本当にランベルト様のファーベが変わっているのか、自分の目で確かめなくちゃ。

底抜けに透き通った青い瞳を見つめる。やがて彼の向こう側にファーベが現れる。何色も入り混じった虹色ではあるものの、以前見たときよりも赤みが強くなっていた。

本当に、彼のファーベは変化していた。

「……っ」

急に泣きだしたカミラを見てランベルトは「どうした？」と慌てる。

「ファーベが……ランベルト様のファーベが、虹色とは……少し、違うのです。赤みが、強くなっていて……。だ、だから、わたし……っ」

「ああ……なんだ、そういうことか」

ランベルトはカミラの体を力強く抱きしめ、背を撫で下ろした。

「たとえおまえと俺のファーベが違っても、俺はカミラを愛し続ける。おまえしか愛さないし、愛せない」

静かな口調でありながら、強い意志が感じられた。俯いていたカミラだが、上を向く。目を逸らしていてはいけないと思った。

「変わることを恐れるな。悪いことばかりではない」

揺らぎのないまっすぐな瞳に魅了されるのと同時に、その言葉が心にしみた。鎮め係を降りたこと、王太子妃教育を受けていること、彼のそばに居続けたいと思っていること――そのすべてが以前とは異なる変化だ。

自らを変えてでも、彼に愛されたい。そのために努力を続けたい。カミラは決意を新たに言う。

「わたしっ、ランベルト様のおそばにずっといられるように、もっと頑張ります！」

「これ以上、頑張ったら体を壊すぞ」

彼は困ったようにほほえんで、カミラの唇に触れるだけのキスをした。


ミュラー公爵が自宅謹慎となった翌々日、ゲオルクが登城してきた。カミラとランベルトは城のサロンでゲオルクをもてなす。

「まったく、急に呼びだすんだから～。どうせならヘルジアが集まったっていう茶会に呼んでほしかったよ」

「ミュラー公爵から急に茶会の招待があったのだから仕方がないだろう。それにおまえにはすぐにでも執務を割り振りたいのを、こうして茶を飲んでもてなしてやっているんだから文句を言うな」

「遠路はるばる来たんだから、今日くらいゆっくりお茶させてもらわないとね。それでまあ、そのミュラー公爵だけど。ヘルジアだっていうイルザ嬢にね、研究所へ来るようにって再三手紙を出しているのに、いっこうに返事が来ないんだ。どうしてかなぁ？」

「父親が謹慎を受けたから——というのはおかしいな。それよりももっと前から要請しているんだろう？」

「うん、そう。イルザ嬢がヘルジアだって聞いた直後から」

ランベルトは紅茶を啜りながら眉間の皺を深くする。

「そういえば先日の、ヘルジアを集めた茶会にイルザ嬢は顔を見せなかったな。ミュラー公爵家のメイドが名代を務めていた」

音もなくカップをソーサーに戻しながらランベルトは「んん」と唸る。

「イルザ嬢は本当にヘルジアなのか？　ゲオルクの要請を断るのは、本当はヘルジアではないから……では？　研究所へ行けば、俺たちがしたように何人ものファーべを次々に見ることになる。それができないから断り続けているのではないか」

「なぜそう思われるのですか?」

「勘だ」

そのわりに説得力がある。ゲオルクも同意見なのか「ランベルトが言うのならそうかも」と呟いた。

「よし、イルザ嬢をヘルジアだと認めた隣国の機関に探りを入れるか。ゲオルク、さっそく出番だ」

「うえぇっ……。今日くらいゆっくりさせてくれるんじゃないの?」

「状況が変わった」

「もう——ランベルトの近くにいると本当、馬車馬のように働かされる」

「これまでヘルジア研究をどれだけ優遇してやったと思ってるんだ。恩は労働で返せ。ヘルジアにまつわる機関ならどこにだって顔が利くだろう。おまえほどの適任者はいない」

「はいはい。そうやって人を動かすよね、ランベルトは。わかったよ、すぐにでも調べをつける」

ゲオルクは紅茶を一気に飲み干して椅子から立ち、ひらひらと手を振ってサロンを出ていった。

よく晴れた日の午後。ファイネ城の庭にカミラとゲオルク、そしてイルザが集う。ランベルトはというと、いまは手が離せないらしく遅れてくるそうだ。

「さっそくだけれどイルザ嬢。僕のファーベを見ていただけますか」

イルザの向かいに座っていたゲオルクがにこやかに言った。イルザは澄ました顔で「ええ、もちろん」と答え、ランベルトの緑眼を見つめる。

「まあ……鮮やかな黄色ですこと」

すかさずゲオルクはテーブルの上に置いていた一枚の紙をイルザに示す。

「ではこの色規定でいうとどれになります？　指さしてください」

イルザは少しためらう素振りを見せたあとで、明るい黄色を指さした。とたんにゲオルクの口角が吊り上がる。

「おかしいなぁ。僕のファーベは最近、変化しまして。王都へ来る前に何人ものヘルジアに見てもらった結果、橙色だと判定されたんです。ね、カミラちゃん」

ついさっきゲオルクのファーベを見たカミラは「はい」と頷いた。

目の覚めるような橙色を指さしているゲオルクを、イルザは青い顔で見つめる。

「貴女、ヘルジアではないね？　隣国のヘルジア承認機関で裏が取れたよ。イルザ嬢が虚偽のヘルジア証明書を要求した、とね」

するとイルザは憤慨したようすで椅子から立った。

「だっ……だったらなんだとおっしゃるの？　わたくしが美しき虹色のファーベを持っていることはれっきとした事実よ！　だいたい、こんなっ……こんな女のどこがいいのよ！　由緒正しきミュラー公爵家の娘であり、気品に満ちあふれたわたくしこそ王太子妃にふさわしいわ！」

カミラもまた、たまらず席を立つ。拳に力を入れて、大きく息を吸い込んだ。

「いいえ！　ランベルト様のおそばにはわたしが立ち続けます。イルザ様には決してお譲りいたしません！」

だれになにを言われても、もう絶対に身を引かない。彼をだれにも盗られたくない。

譲れないものを守るため、ときには苛烈な主張も必要だとカミラは思った。

イルザは顔を真っ赤にして烈火のごとく怒り「なんですって⁉」と叫ぶ。

「このっ――」

イルザが大きく手を振りかざす。カミラはとっさに顔の前に両手を持ってきて目を瞑った。

ところが、どれだけ時間が経っても衝撃は訪れない。

そっと瞼を持ち上げれば、目の前に大きな手のひらがあった。ランベルトはカミラをかばうように手をかざしていた。

「すまない、カミラ。来るのが遅くなった。ヨナタンが揃えた証拠を確認していた」

ランベルトはカミラに向かってほほえんだあと、厳しい顔つきになって一歩、前へと歩みでる。対してイルザはよろよろと後ずさった。

「さて、イルザ嬢の罪状がまた増えたな。王太子の婚約者に対する、許されざる不敬だ」

「で、殿下……！　ま、また増えた……とは、どういう……」

「ヘルジアだと偽っていた虚偽罪。父であるミュラー公爵と共謀したカミラの誘拐未遂罪。そしていまカミラに手を上げようとし、言葉の暴力をぶつけた不敬罪だ」

「い、いまのは……申し訳ございません。つい頭に血が上ってしまっただけなのです。どうかご慈悲を……！」

「慈悲とは何事に対しても真摯な者に与えるものだ。嘘で塗り固められた愚か者にかける容赦は持ち合わせていない。……ヨナタン！」

　彼の呼び声に合わせてヨナタンが、ミュラー公爵家のメイドを引き連れてやってくる。ヘルジアの茶会で会ったばかりだからよく覚えていた。イルザの顔が引きつる。

「この者がすべて白状しました。イルザ嬢に命じられ、他者のファーべを逐一報告していたそうです」と、ヨナタンが淡々と告げた。

「ミュラー公爵はいま謹慎中。しかも誘拐未遂罪で投獄確定となれば、それはメイドだって己の罪を白状するというものだ」

「みっ……未遂罪に関しては存じ上げませんわ」

「やれやれ、往生際の悪い」

ランベルトがヨナタンに目配せする。ヨナタンは懐から一枚の紙を取りだして掲げた。

「捕らえた賊の証言です。イルザ嬢から事前に金品を受け取ったと全員が白状しました。もちろん、賊から金品も押収しております。出所を調べ、ミュラー公爵家が買い付けたものだと判明いたしました。内々とはいえ王太子殿下の婚約者に危害を加えようとしたのですからね。黒幕を白状しなければ極刑は免れません。そしてもちろん、黒幕の末路は極刑です」

ヨナタンは口早にそう話すと、冷たくイルザを見据えた。

「そ、そんな……」

イルザはその場に膝をつく。直後、駆けつけた複数の役人に引っ立てられていった。

「ミュラー公爵のもとにもすでに役人を遣わせた。ちょうど横領の件もはっきりしたところだ」

ランベルトはカミラの頭をポンと小さく叩く。

「心強い言葉をありがとう、カミラ。俺のそばにずっと、立ち続けてくれ――」


上り月が中天に浮かぶ夜。カミラは国王と王妃に謁見する。

国王夫妻は政治や社交界の第一線にはおらず、いまはファイネの象徴的な役割を担い、城の奥まった場所で生活している。したがってこれまで顔を合わせる機会がまったくなかった。

ランベルトに連れられて玉座の間に入ったカミラは、心臓が早鐘を打つのを感じながら国王夫妻の到着を待っていた。

「……おまえの鼓動が聞こえる。そう緊張するな」

すぐそばにいたランベルトが優しく言った。このうるさい心臓の音を聞かれてしまったのだとわかって恥ずかしくなるのと同時に、ぎゅっと手を握られたことで安心する。

ギイ……と重みのある音を響かせながら、奥の大扉が開いた。カミラは頭を垂れて言葉を待つ。

「面を上げよ」

よく通る声に誘われて顔を上げる。玉座には国王が座り、その傍らに寄り添うようにして王妃が立っていた。

ランベルトは国王と王妃のどちらにも似ている。

「ごきげんよう、父上。そして母上も。お元気そうでなによりです」

「ああ、おまえもな。ミュラー公爵の件、聞いたぞ。少し見ないあいだに頼もしくなった」

「光栄でございます」と、ランベルトが畏まって答える。ふだんとは言葉遣いがまったく違うので新鮮だ。

「本当に立派になりましたね。ランベルト、そちらのかわいらしいお嬢さんを紹介してくださいな」

王妃に乞われ、ランベルトは満面の笑みになる。

「はい。一生涯を共にする、最愛にして唯一の伴侶――カミラ・バルツァー・ハンゼンです。ミュラー公爵の件はカミラの助力があってのこと」

いくらなんでもそれは褒めすぎだと内心焦りながら、ランベルトから紹介を受けたカミラはレディの最敬礼をした。

「うむ、大義であった。未来あるふたりに永遠の祝福を」

国王が言うと、王妃もまた「おめでとう」と言葉を添え、立ち上がった国王に寄り添って謁見の間を出ていった。

予定どおり、たった数分の謁見ではあったが、無事に認めてもらえて本当によかった。

謁見の間をあとにしたカミラとランベルトは廊下を歩きながら話す。

「国王陛下ご夫妻は、とても仲睦まじいごようすでしたね」

「そうだな。これも始祖の習性なのかもわからないが、父も祖父も、周囲にどれだけ言われようとも他国の王族のように側室を迎えることはせず、一生涯で一人の女性しか愛さなかった」

ランベルトは立ち止まり、カーペットに膝をついてカミラの手を取る。

「もちろん俺もそうだから安心しろ」

感極まって涙が出そうになっていると、彼は立ち上がって目尻を押さえてくれる。

「これからもう一仕事だ。行こう」

「……っ、はい！」

ふたりはダンスホールへ向かう。今宵カミラはランベルトの婚約者として披露目の舞踏会に出席する。

ダンスの練習はランベルトとしか行わなかった。先の宣言どおり、カミラはランベルトのそばにずっと立って励んでいた。いや、彼の役に立つどころか、ずっと練習に付き合わせてしまったというほうが正しいのだが、まだまだこれからだ。

――これから、ランベルト様のお役に立てるように。

まずは無事に披露目の舞踏会を終えること。一歩ずつ進んでいこう。

城のダンスホールに立ち入るのは、エリーゼに連れられて以来だった。あのときは右も左もわからず、ひたすら場の空気に圧倒されていた。

カミラはランベルトの傍らでレディのお辞儀をして、貴族たちに挨拶をする。ゲストの顔と名前は、絵姿を見たり読み上げたりしてなんとか事前に覚えていた。

話についていけないこともあったが、ランベルトがうまくフォローしてくれる。

「――さて、挨拶も済んだことだし踊るか」

強く腰を抱かれ、いささか強引に踊りはじめる。

「ワルツは、途中ですよ⁉」

突然のことに驚きながらも、カミラは必死にステップを踏む。

「べつに曲のどこからだって踊っていい」と、彼は奔放に笑う。

「上手だ、カミラ。まっさらだったから、かえって飲み込みが早かった。まあ、俺としか踊れないだろうがな」

ヨナタン曰く、ランベルトのダンスはかなり癖が強いらしい。基本がわかっていないわけではなく、基本どおりでは面白くないからアレンジしているそうだ。しかしそれゆえに、周囲を楽しませるのだとも。

ダンスホールに集った貴族たちは皆がふたりに注目し、賞賛する。よく似合いだ、と。

カミラはランベルトの逞しいリードで軽やかに舞う。紅いドレスの裾がひらりと翻った。

「楽しめ、カミラ。俺はおまえとこうして踊ることができて、すごく楽しい」

そうして唇にちゅっとキスを落とされれば、楽しむよりも先に翻弄されてしまう。

「楽しむのにはまだ時間がかかりそうですけれど――幸せ、です」

そして幸せな時間はなおも続く。

舞踏会から一週間後には挙式が執り行われた。これもまたヨナタン曰く、披露目から挙式まで異例のスピードだという。

ファイネ城の着替えの間にて、カミラは壁に造りつけられた大鏡を見つめていた。

オフショルダーのウェディングドレスは胸元と二の腕が真っ白な花のモチーフで飾られていた。裾には軽やかなレースが何層にも重ねられ、トレーンはうっとりするほど長く美しくカーペットの上に広がっている。

「きれいだ……。いますぐに食べてしまいたい」

いつのまにそばに来たのか、惚けた調子でランベルトが言った。近くにいたリリーが「どうか夜までお待ちください」と口添えする。

「まだ太陽は中天にもかかっていないというのに。長いお預けだな」

残念そうに息をつきながらランベルトはカミラの手を取り、甲にキスを落とした。

窓から射す陽光を味方につけた黒髪がさらりと揺れて輝く。アカンサスの地模様が刺繍された真っ白なジャケットとのコントラストは見事で、つい見とれてしまう。

ランベルトとしっかり手を繋(つな)ぎ合(あ)わせて城のエントランスへ行き、無蓋馬車に乗る。城門を出れば、ふだんは馬車と人が多く行き交う大通りの端に花が飾られ、街の人々がたくさんの笑顔と拍手をくれた。

「さっそく民に愛されているな、カミラ」

「ランベルト様が人気があるのですよ。わたしもそのひとりですけれど」

青空を望む馬車でふたりして笑い合う。すると通りに集っていた人々から歓声が上がった。ヒュウヒュウと口笛まで聞こえてくる。

カミラとランベルトはふたたび笑って、祝福をくれる人々に手を振った。

馬車を降り、ひつじ雲が浮かぶ穏やかな晴れ空の下を歩き、教会へ。司祭の前で永遠の愛を誓い、契約のキスをする。

「これからの役は決して降りられないからな」

ランベルトが小さな声で、冗談めかして言った。以前、彼に内緒で鎮め係を降りたことを揶揄されている。

カミラは彼を見上げて口の端を上げたあとで「降りろと言われても降りません」と返した。

教会から城に戻り、ウェディングドレスを別のものに着替えれば晩餐会だ。

ランベルトはカミラが着ているプリンセスラインのウェディングドレスをしげしげと眺めて言う。

「まだ耐えねばならんのか。挙式当日というのはこれほど忍耐を要するものだったんだな」

彼は息をつきながらも、カミラの腰を抱いて大広間に入る。すでに多くのゲストが集まっていた。

「だがようやくおまえを妻だと触れまわることができる」

そうしてランベルトはここぞとばかりに「妻のカミラだ」と紹介してまわる。嬉しい気持ちはあるものの、妻という言葉にまだ慣れないせいかずっと気恥ずかしかった。

太陽がすっかり姿を隠してしまったころ。待ちかねた夜の時間が訪れる。

湯浴みを済ませたカミラは城の私室で、リリーに蜂蜜由来の香油をたっぷりと塗ってもらい、ナイトドレスに袖を通した。

「カミラ様が城にいらしたばかりのころを思いだします。このたびは本当におめでとうございます！　そしてこれからも誠心誠意、仕えさせていただきますっ」

「よろしくね、リリー」

「ふふ。やっと『リリー』じゃなくなりましたね」

カミラは苦笑して「ええ」と答えた。彼女にはさんざん「呼び捨ててください」と言われていたが、どうも慣れずについ最近まで「リリーさん」と呼んでいた。

「それでは私はもう退散しますね。いまにも殿下が押しかけていらっしゃいそうですし」

リリーはそう言うなりそそくさと部屋から出ていった。その直後、内扉が開く。

「……もしかして、聞いていらっしゃいました？」

「どうだろうな」

耳のよい彼にはきっと聞こえている。その証拠に、彼は独占欲を剥きだしにして抱きしめてくる。

「わたしのすべてはランベルト様のものです」

「ん……」

優しく頬を撫でられる。自然と視線が絡んで、見つめ合った。しばらくすると彼が「ん？」と首を傾げる。

「おまえのファーベも赤みが強くなっているぞ」

「えっ」と声を上げて後ろを振り返るものの、自分で自分のファーベは見えない。

「俺の色に染まってしまったようだな?」

嬉しそうに、いたずらっぽくそう言って、ランベルトはカミラの額や頬にキスの雨を降らせる。

白銀のナイトドレスはとろりとした生地だった。手触りがよいからか、彼はドレス生地越しにカミラの背を撫でまわしながら唇を重ねてくる。

「ふ……っ」

彼の手にかかればどんなところでも、撫でられればくすぐったくて気持ちがよい。キスにしてもそうだ。教会で交わした、触れるだけのものでは満足できなくて、もっと深く唇を重ね合わせたかった。

――わたしにとっても「お預け」だったのだわ。

自覚するとますます頬が熱くなる。

カミラは目を閉じて、彼の柔らかな唇を存分に味わう。そうしているあいだに、背中を撫でまわしていたはずの手が前へとやってきていた。

「んっ、ん……ふぅっ……」

ドレス生地と一緒くたに、大胆な動きでぐにゃぐにゃと揉まれる。

「ランベルト様、もしかしてこのドレスの生地がお気に召しました?」

「ん、なんでわかった？」

「だって……いつもはすぐ……脱がせる、のに」

「たしかにな」

彼は大きな手のひらを目いっぱい使って、ふたつの膨らみをあらゆる方向に揺さぶる。

「滑らかで、手触りが抜群だ。もちろんおまえの素肌のほうがもっといいのには違いないが」

ランベルトはカミラを横向きに軽々と抱え上げた。開けたままになっていた内扉から寝室のベッドへ運び、そっと寝かせる。それからカミラの全身をじろじろと見まわした。

「昼間のドレスもよかったが……これも、いい。カミラの愛らしさと美しさを如実に引き立てている」

熱い視線を向けられると身が焦げる。

何度も褥（しとね）を共にしてきたものの、夫婦となって初めての夜はやはり特別だ。だからこそ緊張してしまう。

ましてここは王太子の寝室だ。彼に初めてを捧げたベッドであり、鎮め係の時分には入ってはいけないとされていた部屋だった。婚約者となってからも、夜はカミラの寝室で過ごしていたので、久しく立ち入っていなかった。

今宵のランベルトは素肌に白いナイトガウンを羽織っただけの軽装で、襟から厚い胸板が覗いている。香り立つような色気にも、緊張感を押し上げられる。

「ランベルト様が……すごく色っぽいから、です」

雄の色香が漂ってくるようだった。いつだったか彼に「煽情的だ」と言われたことがあったが、ランベルトのほうがずっとそうだと思う。

誰も彼もが魅了される。逞しく豪快でありながら知的で、優しいながら少し強引で子どもじみたところもある。

カミラは出会ったときからずっと彼に夢中だった。そしてこれからも。

「愛しています、ランベルト様」

たまらなくなって告げれば、彼は嬉しそうに、いっぽうでいささか困ったように笑む。

「あぁ——新妻が愛しすぎてつらい」

深く息をつきながらランベルトはカミラの唇を自分のそれで塞ぐ。そして情熱を映すように肉厚な舌が唇を割って入り込んでくる。

熱い舌で、愛する気持ちを返されている気がしてくる。舌は上顎を隅々まで舐めまわり、舌を捕らえる。

目を瞑って舌と舌を絡め合わせているといつも、ふわふわと浮かんでいるような心地になる。

互いに艶めかしい吐息を漏らして舌を弄り合う。積極的に舌を絡めるのはいまだに恥ずかしさがあるものの、もはや本能的に彼の舌を追い求めてしまう。

「ん――んぅ……ふ、うぅ……」

体の線を確かめるように、彼の両手がナイトドレスの脇腹を這い上がる。そんなふうにされるといつも、快さまで一緒に高まっていくから不思議だ。

深いくちづけを交わしているあいだもずっと体じゅうを手探りされていた。しだいにナイトドレスがはだけてきて、肌が露わになる。

ランベルトは流れるような仕草でごく自然にカミラのナイトドレスを退けて、明かりの下に膨らみを晒す。

銀糸を引きながら唇が離れる。

「あ……」

壁掛けランプに照らされたふたつの乳房を、ランベルトはじいっと見おろしている。

何度だって見られているから、もうこれ以上のことはないはずなのに、羞恥心はいっこうに消えない。

すべてを見通すような青い瞳に見られるだけで、薄桃色は身を硬くしてしまう。そして彼はそういう変化にはとてつもなく敏感だから、すぐに気がついて指摘してくる。

「いい具合に尖らせて」

弾んだ声で言うと、彼は人差し指で棘の根元を揺さぶった。

「はう、うっ……ん、あぁ……っ」

「どれだけ指で突いても、舌で舐めしゃぶっても、まったく飽きないのはなんでだろうな」

彼も、先ほどの自分と同じようなことを考えているのだとわかって親近感が湧く。

「わ、わたしも……その、何度見られていても……恥ずかしいのはどうしてなのかな、って。思っていました」

「ああ、それもあるな。おまえの体は隅々まで記憶しているが、書物とかと違って何度でも見たくなる」

「え――記憶……？　隅々まで……!?」

「俺は一度見たものを完全に記憶すると、おまえも知っていただろう？」

「そっ、そうです、けど……そうじゃないというか」

書物だとか書類だとか、そういった執務に関するものだけなのだと、勝手に勘違いをしていた。まさか自分までその対象になっていたのだとは、まったく思い至らなかった。

「あの、もう……あまり、見ないで……もらえたら」

これまでいったいどれほどの醜態を晒してきただろう。そういう記憶力が自分にないのは幸か不幸か。もしもすべて覚えていたら、恥ずかしくて生きていけないかもしれない。

「……いやだ。見て、覚えて、もっと見る」

彼は笑いながらカミラの薄桃色をふたつとも指でくいっとつまむ。

「ひゃうっ、ん……！」

「そのかわいい啼き声も、ずっと覚えているからな」

「や、やあっ……」

ナイトドレスの袖は腕から抜けず、乳房だけが露呈している半端な状態だ。あられもないこの恰好も、彼の記憶には残るのだと思うと、えもいわれぬ羞恥心が込み上げてくる。

「ぁっ……あの、けれどランベルト様は、つらいことや悲しいことも……忘れずにずっと記憶していらっしゃるということ、ですよね……?」

「そうだな。だがあまり気にしていない。特にいまは、おまえがいるから」

彼はつまみ上げたふたつの棘を指の腹で擦り合わせる。

「カミラのそばにいると、目の前のことで手いっぱいになる。この愛らしい薄桃色を、次はどうしてやろうか――って」

「あ、ん、あぁっ……あぅっ」

「どうされたい？　カミラはここを抓られるのも捏ねられるのも、押しつぶされるのも全部が好きだから、方法がありすぎて困る」

「だ、だって……ぜんぶ、気持ち……い、から……あぁっ」

「わかった、やはり『全部』だな」

唇に弧を描いて、ランベルトはカミラの首にキスマークをつけながら胸の蕾を弄りはじめる。

「あ、だめ……です、首――痕、つけちゃ……」

「んん……なんでだ」

「今週も……茶会や舞踏会が、あります……だ、だから、んっ……」

茶会や舞踏会に出席して国内外の貴族と交流することは公務のひとつだ。首にキスマークが散らされていると、着ることのできるドレスが限られる。その時々に合ったドレスを着る必要があるのに、選択肢がなくなっては困るのだ。

「詰め襟のドレスばかり着るわけにはいかない、と？　だがそもそも隠す必要がない。ファイネ国の王太子夫妻は非常に仲がよいと、アピールできるじゃないか」

きっと彼は本気でそう思っている。明日になればリリーが「まぁ、まぁ！」と顔を綻ばせ、ヨナタンが渋面を浮かべて「少しは自粛を」と言うのが目に浮かぶ。

カミラはすっかり諦めて「そうですね」と呟く。

「では遠慮なく」

彼は勝ち誇ったような顔でほほえみ、カミラの胸元を強く吸い立てる。

「ひゃっ！　そ、そんなところにも、ですか？」

「ああ……どこにだってつけてまわる。どこからだって、俺のものだとわかるように」

「あぅ、あっ……そこは、だれにも……見せな……い、です……っふ、あ、ぁっ」

乳輪のすぐそばで口を窄(すぼ)められる。

「侍女は見るだろう、湯浴みのときに」

「リリーは、わかって……いますから。わたしが……ランベルト様の、ものだと」

彼は満足そうに「んん」と唸り声で相槌を打ち、なおも肌を吸い立てる。

「カミラの肌……前よりももっと甘くなった」

「香油に……蜂蜜が、入っているから……？」

「それとはまた違う甘さがある。おまえ自身が持つ、極上の甘味だ」

唇はどんどん下へ滑り、臍にまでキスを落とされた。香油をすべて舐めとられてしまうのではと思うくらい彼は全身に舌を這わせていく。

「ふぁあっ……あぁ、ん……！」

足先まで舐ったあとで胸まで戻ってきた舌が、薄桃色の棘を押し嬲りはじめる。

「やうっ、んんっ……！　あ、あぁっ……」

全身を舌で辿られたことでいっそう胸の尖りが敏感になっているようだった。硬く勃った屹立を彼は舌全体を使って力強く舐り、上下左右に倒して苛める。

「あ、はっ……あう、あっ」

足の付け根が疼いてしまって、じっとしていられない。そしてそれを彼はすぐに察知して、指を向かわせる。ドロワーズは身につけていなかったから、ドレスの裾を捲られれば秘所を覆うものはなにもない。

長い指が陰唇に近づくだけで全身が悦ぶ。彼の指は蜜口に立ち寄ったあと、ひくつく花芯を捕らえた。

「こんなに震えて……期待してるみたいだな？」

彼は目を細めて言葉を足す。

「カミラの期待に応えられるか心配だ」

——嘘よ。

ランベルトは絶対にそう思っていない。心配とは無縁な顔で悠然とほほえんでいる。

指先で花芯を何度もノックされる。

「は……ぅ、あっ……んっ、ふ……ぅぅ」

叩かれることでますます膨らむのを彼は知っていて、執拗に花芯を突いてくる。

腰が揺れれば、とろりとしたドレス生地と肌が擦れた。彼が手触りを気に入るだけあって、ドレス生地は滑らかで、気持ちがよい。

官能的な心地よさを覚えて、よけいに身を捩ってしまう。

ベッドの上で、脱ぎかけのドレスを纏って淫らに踊るカミラをランベルトは愉しそうに見まわす。それから蜜口と花芯を指で交互に擦った。

「あっ、ぁっ……あぅ、んっ……」

蜜が溢れる焦燥感に襲われながらも、めくるめく快楽に溺れて喘ぐ。どれだけ力任せに花芯を押されても、ひどく滑りがよいせいで快感しか感じない。

ぴんっと張り詰めている胸の頂と、膨らみきった花芯を同時に指で嬲られたカミラは「あぁああっ!」と声を上げて仰け反った。

「おまえは本当に――どんな仕草も魅惑的だな」

「……っ、え……ぁ、あぁ……!」

内側から溢れた蜜が彼の指を狭道の中へと誘う。ぬぷっ、ぐちゅっ……と淫猥な水音を奏でながら指は隘路へ沈んでいく。

「あっ……ふ、あ、あっ」

カミラは金色の長い髪を上下させて享楽に悶える。指はさほど大きな動きはしていないのに、少しでも媚壁を押されると高い声が次々と溢れて止まらなくなる。

ランベルトはカミラの嬌声に聞き入るように一言も喋らず、無言で蜜壺を掻き乱す。真剣な眼差しを向けられればますます興奮して高らかな声が出る。

「締めつけが強い――」

ナイトガウンの向こうにある彼の下半身が動いた気がした。

ガウンの裾に隠れていていままでわからなかったが、もしかしたらずっといきり立っていたのかもしれない。

「あっ……ランベルト様……もう、おねが……もっと、奥、まで……。ランベルト様の、大きいの……くださ、い」

快楽に溶かされた頭で絶え絶えに言うと、彼は口の端を上げて「またそうやって煽る」と呟いた。

「奥まで、欲しいのか」

カミラは頷きながら「いちばん奥に」と言葉を返す。心も体も理性も羞恥心も、ぐずぐずに蕩けだしていた。

もうあの日のように無垢ではない。ランベルトになにもかもを教え込まれて、深い悦びを知ってしまった。

ころりと体を転がされてうつ伏せになる。すぐに腰を引かれたので、膝を立たせた。

——後ろから、だわ。

こんなふうに繋がるときは、凄まじく挿入が深い。ランベルトはカミラが「いちばん奥」と言ったから、そうしたのだろう。

彼はナイトドレスの裾をあらためてたくし上げて尻を露わにした。

臀部を見られることに多少の抵抗感はあるものの、快楽を刻まれた体は彼のものを欲しがって小さく揺れる。

早く早くとせがむように、ひとりでに腰が右へ左へとぶれる。蜜がとろとろと零れ、太ももまで伝っていた。

「ああ……カミラ。誘惑しすぎだ」

蜜口に男根の尖端があてがわれる。

「ん――っ、あっ……あぁっ……！」

欲情しきった男根はひとおもいに奥まった場所までやってくる。

「あ、あっ……深い……です、ランベルト様……ぁ、ふっ……」

楔を打ち込まれただけでぶるぶると震えてしまったのはきっと期待感から。彼が蜜壺の悦いところをたくさん知っていることを、カミラもまた知っている。

だから期待してしまって、前後する動きがなくとも、この上なく気持ちよくなってしまう。

「ぎゅうぎゅうだな……」

ぽつりと漏らして、ランベルトはカミラの行き止まりを小さく穿つ。

「ぁ、んっ……あぅ、ふっ……うぅ、んっ」

ようすを窺うように何度も最奥を小突かれれば、ねだるように体がうねる。そんなカミラを青い瞳で捉えながらランベルトは「ふう」と息をついた。

「最近のカミラは前にもまして締めつけが強いから、気を抜くとすぐ達してしまいそうになる」

言いながら彼は、下向きに揺れる乳房を両手で掴んだ。

「あふっ……ぅ、う」

乳房を、下から持ち上げるようにしてたぷたぷと揺さぶられる。重さを確かめているような仕草にも思える。彼はそんなことまで把握しようとしているのかと、恥ずかしさを覚えた。

「カミラ……」

熱を帯びた甘い呼び声に、胸の先端がむくむくと反応した。

「ひぁ……あぁっ……」

律動されながら胸の蕾を弄られるのがとてつもなく好きで、それを彼もわかっているからいつもこうして愛でてくれる。

そしてそれだけでなく、もう片方の手で花芽も弄りまわしてもらえる。天井のない快楽を、次から次に与えられる。

ランベルトはカミラの背に幾度となくキスをした。彼の柔らかな唇が触れるたびにカミラは背を撓(しな)らせる。

軽いキスから、肌を強く吸い立てるものまで、執拗に繰り返されるとどこもかしこも痺れて、よりいっそう恍惚境へと近づく。

そこへすかさず彼が抽送を速めるものだから、身も心も快楽でいっぱいになる。

「ああっ、あっ……！　揺れ、が……激し、ぃ……あ、んぅうっ……！」

「揺れに耐えられないのなら、枕を抱き込んでいるといい」

彼はさらりと言うと、最奥へと突き込みながらカミラの向こう側にある枕を掴んで引き寄せた。

「下敷きにする以外にも、枕には使い道があるだろう?」

とても楽しそうな、弾んだ声だった。

そういえば枕の使い道について、初めて彼に身を捧げたとき話題に上った。すっかり忘れていたが、あのころは「殿下の枕をわたしが使うなんて」とひどく遠慮していた。

対して、いまはとても無遠慮になってしまった。彼に甘えすぎているような気さえしてくる。

「もっと甘えていいぞ、カミラ」

――ああ……ランベルト様はわたしの考えまでわかってしまわれるの?

記憶するだけでなく、頭の中まで覗く力があるのではと突拍子もない考えに至った。

「俺は、もっと……甘やかしたい。どろどろになるまで」

「も、もう……じゅうぶん、わたし……んっ、ん……あ、あぁあっ……!」

少なくとも体は、彼の熱い楔で充分すぎるほど蕩けさせられている。

「いや――まだまだ、だ」

彼の声音がほんの少しだけ切迫する。律動は先ほどよりももっと加速する。

カミラは彼が手元に寄せてくれた枕を掴んで揺れに耐える。

「あっ――あぁ、ひぁあぁあっ……!」

王太子の寝室にカミラの高い声がこだまする。

自分と彼の重なり合っている部分がドクン、ドクンと脈動している。

体の深いところに、幸せが満ちていく。

ランベルトは雄を引き抜くと、カミラのそばに寝転んだ。深呼吸とともに体を抱き寄せられる。

恍惚の滲んだ双眸で見つめられると、弛緩した体に愛情を注がれている気持ちになる。

「俺はこれからもカミラを愛する。永久に」

そしてそんな甘い言葉を貰えばますます幸福感が溢れて、目頭に熱く響く。涙が出そうになるのをこらえながら、カミラは「わたしも」と意思を返した。

繰り返し髪を撫でられていた。心地がよくて目を閉じると、ランベルトが「カミラ」と呼びかけてくる。

「せっかくの初夜だからな。今夜は眠らせない。……いや、今夜も、か」

「はい。わたしだってまだ……眠りたくないです」

「……言ったな?」

ランベルトはいたずらを思いついたときのように、にいっと笑ってカミラに覆い被さってナイトドレスを剥ぎ取った。自身も荒っぽくナイトガウンを脱ぐ。

彼の鍛え上げられた体に見惚れつつ、両腕をまわして身を寄せる。

「ん――抱きついてくれるのは嬉しいが、これではおまえの好きなところに触れない」

「う……そう、ですね……」

それでも、肌と肌をぴたりと触れ合わせていたくて、ランベルトから離れられない。

「よし……じゃあここを徹底的に愛でるか」

明るい調子で言いながら彼はカミラの臀部をむにゅっと鷲掴みにする。

カミラは「ひぁあっ⁉」と大声を上げて、夫の顔を見つめた。


結婚後も、カミラは執務室をランベルトと共用することになった。

「通常、殿下とお妃様の執務室は分かれているものなのですが――」

ヨナタンは相変わらずむすっとした顔で難色を示す。いっぽう執務椅子に座っているランベルトはいつもどおりの涼しい顔だ。

「べつにいいだろう。この部屋にはそもそも物が少ないから手狭にはならない。俺はどこでだって執務可能だから、本でも花でもカミラの好きなものを置くといい」

「あ、ええと……はい。ありがとうございます、ランベルト様」

執務机を挟んでランベルトの向かいにいたカミラは横目でヨナタンを見た。彼は不服そうに「このお部屋は王太子妃の執務室と改名して札を提げることになりそうですね」とぼやく。

カミラは胸の前でパンッと手を叩き合わせて「まあまあ」と声を上げ、リリーのそばに立って笑みを浮かべる。

「ランベルト様とヨナタン、それからわたしたちの執務室ですよ」

リリーもまた嬉しそうに「そうですね」とほほえむ。

いままでどおり、この部屋に四人が集って過ごせることが嬉しい。なんでもないようで、きっとずっと特別な日常なのだ。

「――ちょっと待って、僕もまぜてくれない?」

扉の向こうで話を聞いていたらしいゲオルクが急に入ってくる。

「もういっそこの部屋で仕事するほうが効率がいいよ。だいたい王太子だけの執務室なんて贅沢だ。ああ、あのあたりに僕の机と本を置けそうだね。さっそく引っ越してこなくちゃ」

そうしてゲオルクは部屋を出ていく。とたんにヨナタンは息をついた。

ランベルトはというと、腕組みをして「やれやれ、騒がしくなるな」と辟易したようすで呟いたものの、どこか嬉しそうだった。

カミラは窓から白い月を仰ぐ。

変わったものと、変わっていないもの。

変わったほうがよいもの、変わらないほうがよいもの。

すべてが大切だから、決して零さないように抱きしめていきたい。

あとがき

初めまして、熊野まゆです！　憧れの蜜猫文庫さんで出させていただくことができ、嬉しいです。

本書のご制作に携わってくださった皆様、本当にありがとうございます。

さて、カミラとランベルトが初めて会った十一月十八日は熊の日だそうです。

正確に制定された記念日ではないようですが、今度から熊の日はぜひお祝いしなければ！と意気込んでいる熊野です。

ここからキャラクターについて少しお話を。ランベルトは誰彼構わず嫉妬していますね（拙作に登場するヒーローはみんなそういう傾向ですね）。結婚後もカミラはランベルトから事あるごとに嫉妬されていそうです。

エリーゼはパワフルな肉好きおばちゃ……いえ、お姉さんです。エリーゼは熊野的に大好きなキャラクターのひとりです。

あとはヨナタンですか。嫌味ですね～チクチクといろいろ言ってきますねぇ～。ヨナタンも若かりしころはお肉が大好きだったのですが、オジサンとなったせいか野菜を好むようになった模様です。かくいう熊野も、お肉は好きですが以前よりも量が食べられなくなり（泣）。よいお肉をほんの少し、がいいなぁと思う今日このごろです。

本作のタイトルは、版元様につけていただいたのですが『絶倫殿下のごちそうになりました⁉』の部分、なんてぴったりなんだ〜！　と感激しました。本当、カミラはランベルトに食べられちゃってますよね。

そして毎度おなじみ言葉遊びについて。今回はかなりわかりやすかったかと思います。言葉遊びってなんぞ、という方へ。最近の熊野作品恒例『クマノマユ』のワードを探そう！というものです。といっても、今回『クマノ』は出てきていませんね。その代わりといってはあれですが、もうひとつ遊びを入れております。

章タイトルを、作中でだれかが必ず一回は言っておりますので、お時間がございましたらそれも探されてみてくださいね。

だれの台詞か探すの面倒だよ教えてよ〜という方は、ツイッターでメッセージをいただけましたらこっそりお教えします。とはいえ電子版だと、ワード検索ですぐわかっちゃうのかな、とも。しかしながら……ふっ、ふっ、ふ。第四章『うたかたの虹』、第五章『とこしえに』は、作中では漢字で出現しますのでご注意ですよ。

イラストご担当のことね壱花先生。大好きな絵師様のおひとりです。いただいたキャララフを何度も拝見して改稿に励みました。素敵なふたりをありがとうございました。

今回も、担当編集者のN様から貴重なアドバイスをちょうだいしました。そうでなければ全然ロマンティックにならないところでした、本当にありがとうございます！

じつはですね、作中に登場する『ファーベ』ですが、初め熊野は『性欲の色』と表記しておりました（いやいや、我ながらセンスなさすぎる）。Ｎ様から「横文字に！」とアドバイスいただいて、慌てて『ファーベ』と命名しました（笑）

そしてこのプロットにＧＯサインをいただいたときは心の中で「お肉、入りましたぁ～！」と叫んでおりました。Ｎ様、おかげさまでいつも楽しく書かせていただいています、感謝です。

最後になってしまいましたが、読者の皆様。本書をお手にとってくださり本当にありがとうございました。

読者の皆様に最後まで読んでいただけるように、楽しんでいただけるように、幸せな気持ちになっていただけるように、これからも頑張りますので、今後ともどうか応援よろしくお願いいたします。

ツイッターでのご意見ご感想も、どしどしお待ちしております。お気軽にお声かけくださ い！

皆様、時節柄どうかくれぐれもご自愛くださいませ。

またお会いできますように！

熊野まゆ